SPEECHWRITER

DESEÑO E MAQUETACIÓN
Pól O´Riesan design&graphics.
Llangollen.Cymru

Editorial: BoD · Books on Demand GmbH, In de Tarpen 42,
22848 Norderstedt (Alemania)
Impresión: Libri Plureos GmbH, Friedensallee 273,
22763 Hamburg (Alemania)

ISBN
978-84-1092-054-5

DEPOSITO LEGAL
C 1908-2024

Paulo Naseiro

SPEECHWRITER

Paulo Naseiro *(Vilalba, 1970). Sociólogo, xornalista e ensaísta en lingua galega, tamén escribe ficción. Ten publicado o relato breve* 8 horas, *a novela* Magyar Posta *(2007), Premio de Narrativa do Concello de Vilalba 2003, o ensaio* Conversas arredor de Xorima *(2020) e a escolma de artigos* Baixo a Pradia *(2023).*
Traballou nos xornais A Voz de Vilalba, avozdevilalba.com *e* A Nosa Terra *e nas revistas* Peirao *e* Albaroque.

LIMIAR

Conheci o Paulo Naseiro há uns anos através do nosso amigo comum Otelo Saraiva de Carvalho, o estratega da Revolução que ambos admirávamos. Vinha ele de publicar o romance que tem em mãos na Internet, numa experiência inédita em que, ao longo de um mês, era publicado um capítulo por dia. Gostei imediatamente da sua escrita, cujo domínio já demonstrou no seu primeiro conto, *Magyar Posta*, publicado em 2007.

Já lhe disse muitas vezes que devia escrever mais, muito mais. Tem o dom da narrativa, capaz de prender o leitor desde o primeiro parágrafo e mantê-lo atento até ao fim. Com o romance *Magyar Posta*, fiquei acordado à meia-noite até terminar o livro, sem conseguir largá-lo até ao dia seguinte. Na sua prosa não há artifícios nem páginas de preenchimento, não se recria em descrições que, de resto, são simples e precisas. Herda provavelmente o pulsar narrativo da antiga tradição oral que conservou tantas histórias na sua língua, o galego, irmão do português e durante tanto tempo proibido de expressão escrita. A palavra exacta, a frase certa, o mínimo necessário para mergulhar na história é a sua assinatura enquanto autor, também fruto da sua longa experiência jornalística.

Porque Paulo foi um jornalista precoce, editor, com treze anos e dois amigos, de uma iniciativa jornalística talvez única na Galiza chamada *A Voz de Vilalba*, o jornal com os

5

editores mais jovens registados nos arquivos espanhóis. Teria sido um grande jornalista se não tivesse escolhido outros caminhos, mais adequados ao seu espírito de solidariedade, no domínio do trabalho pelas pessoas mais vulneráveis. Este trabalho levou-o a ser um dos vultos proeminentes da Cruz Vermelha durante mais de vinte e cinco anos, ou o mais veterano gestor geriátrico da Galiza com mais de trinta anos de dedicação profissional.

Tenho um grande amigo em Paulo e já o mostrou em diversas ocasiões. Uma amizade que espero ter retribuído, pelo menos em parte. Incentivando-o, por exemplo, a passar para o papel esta obra tão merecedora de uma edição a que hoje chamaríamos analógica. Tenho a certeza que gostarão vocês tanto como eu do *Speechwriter*, um espelho onde se olha a política recente do país galego, mas também poderia ser a do meu Portugal ou de qualquer país onde a democracia é um jogo de imperfeições.

Com as suas *Conversas arredor de Xorima*, descobri não só um dos grupos mais fascinantes do folclore galego, mas um autor capaz de fazer daquele grupo de músicos destacados não só protagonistas, mas também narradores da sua própria história. Rapidamente se percebe o carinho com que o livro é feito, até que ponto o autor se desvanece para dar destaque exclusivo aos membros da lendária banda. Algo assim é, até certo ponto, a sua narrativa: cria personagens e deixa-as viver as suas próprias histórias, fazendo esquecer que por detrás disso está a mão de um autor excepcional.

Temos, no entanto, uma pequena disputa. O Paulo, na minha opinião, deveria utilizar a variante portuguesa na sua escrita. Estou certo de que aqui encontrará a recepção editorial que ainda não teve no seu país e um mercado potencial muito maior. Parece-me insólito que, defendendo como defende que o galego empregue o padrão comum do português, publique sempre no estranho padrão oficial galego. Penso que, com o tempo, conseguir-hei convencê-lo. O leitor português, porém, não encontrará dificuldade na leitura do texto.

Por isso, desfrute de *Speechwriter*, uma história tão incisiva quanto vertiginosa e engraçada.

Vila Nova de Gaia, outono de 2024

Rui Couto Martins

I'm hanwyl Catrin, â'm holl serch.

Aos dozes olhos de Marinha,
que tantas coisas me fazem sentir

I

Ás veces é mellor estar calado. Unha tía miña, que todo o solucionaba con ditos e refráns, dicía algo así como "un é escravo do que di e dono do que cala". Sempre me pareceu un sabio aforismo, e se cadra debería terlle feito caso nalgunhas ocasións, aquelas que, aínda que raras, contribuíron a dar bruscos cambios de sentido á miña vida.

Por exemplo, o día que un alporizado presidente de deputación lle recriminaba ao meu curmán, funcionario de nivel intermedio, a falla dun discurso para a inauguración da casa da cultura da nosa remota aldea, pola que eu pululaba en calidade de secretario da asociación xuvenil, cultural e deportiva. Por esta orde.

O meu curmán Fernando aguantaba o trebón que lle estaba a caer por riba.

- Estou rodeado de merda, carallo! Veño dar un discurso do carallo, e o carallo do discurso está na mesa dalgún pringhao papando hostias!

Sería "papando moscas", pensaba eu para min, pero tampouco ousei corrixilo naquel momento e, compre dicir, non o fixen moitas veces a partir daquel día.

- Eu non sei o que puido pasar –impaba o meu curmán-. Pensei que o traía aquí nesta pasta. Metín o papel tal e como mo deu Gueimóndez, o de protocolo, e vese que se confundiu e me deu a lista de convidados á recepción do sábado.

Pero o presidente non atendía a razóns. É máis, non prestaba a máis mínima atención ás balbucintes explicacións.

- Hai que foderse, caghoentodo o que se move! E para isto queremos tanto funcionario e tanto carallo vinte e nove! Non hai un que valla o que custa! Aghora que, como me toques o carallo, fághoche ir aghora mesmo á capital e volver aínda que sexa andando do revés, mecagho na puñeta!

A cara vermella do presidente ía adquirindo tons violáceos mentres polos ollos vomitaba carraxe e semellaba que, en calquera momento, fora comezar a botar fume polas orellas. Un paso máis atrás, o alcalde suaba puro medo. Un presidente de deputación máis que cabreado no seu concello non era para el expresión do día ideal, aquel día no que, por fin, se rematara a casa da cultura despois de anos de obras e paróns. O alcalde non lle tiña a culpa da situación, dende logo, pero a súa fina intuición dicíalle que remataría pagando dalgunha maneira aquela explosión de carraxe. Tratou de amañalo.

- Pero se non fai falla discurso ningún. Con catro palabras que diga xa está…

- Como catro palabras! Pero ti que pensas, que vou facer cento dez quilómetros de ida e outros cento dez de volta, e perder a tarde enteira, para cheghar aquí e soltar: hala, aí tendes o buchinche este para a cultura! Pero ti que carallo cres, home! Hai que ter un nivel, mecaghiná…!

Don Francisco sabía o que dicía. Se tiña que improvisar catro palabras, con toda seguridade unha delas resultaría malsoante. Ao mellor, incluso, dúas. Fernando tratou de retomar o fío.

- Eu creo que, se pillo agora mesmo o coche e saio para a capital, en dúas horas estou de volta co discurso…

- Pero que dúas horas nin que merda! Ti toleas! Como vou ter dúas horas aí a esa xente papando hostias!

- Papando moscas –non me puiden conter-

Aí foi onde metín a pata. A fondo. De súpeto parou a treboada e fíxose iso que se chama "denso silencio", ese que din que se pode cortar cun coitelo. O presidente ollaba estupefacto para min, e tamén o alcalde, un paso por detrás, xa definitivamente aterrado e próximo a un infarto. O meu curmán movía a cabeza como dicíndome "non te metas nisto".

- E este quen carallo é?

- É un rapaz da asociación que temos aquí – adiantouse o alcalde tratando de limitar danos-.

- E que hostias queres, neno? –Agora o presidente dirixíase a min-.

- Non se di "papando hostias", senón "papando moscas".

Xuro que fun capaz de ler o pensamento do alcalde naquel momento. Estaba a imaxinar a parede dun encoro cheo de auga na que se ía abrindo unha fenda a grande velocidade. Unha fenda longa e fonda. Dun momento a outro, ceibaríanse millóns de metros cúbicos de auga arrasando toda forma de vida e el estaba alí, no medio do inminente desastre. Non sabía que dicir. Quen sabe o que dicir nunha situación así, nos momentos previos a unha catástrofe de proporcións bíblicas. E menos aínda un alcalde a piques de morrer do susto que por toda bagaxe tiña a de ser dono dunha ferraxería moi ben fornecida. En canto a Fernando, xa non podía nin pensar. Estaba totalmente bloqueado. Entón, de novo, ocorréuseme dicir o primeiro que me pasou pola cabeza:

- Se quere, señor presidente, fágolle un discurso nun plis-plas. Aquí a carón hai un ordenador e unha impresora sen estrear.

O alcalde estivo rápido:

- Claro que si! O rapaz está na universidade, nunha cousa desas de letras, e faille un discursiño e cinco minutos, home!

- E sabes o que tes que poñer, mira que eu teño un nivel!

- É doado. Hai que facer referencia ao esforzo inversor da deputación, ao compromiso con todos os concellos da provincia, o desexo de facer chegar a cultura a todos os recunchos... En fin, o de sempre.

- Está ben, pero non me poñas palabras raras, que me fagho a picha un saio.

- Unha lea –corrixín-

- Que carallo dis? Unha lea de que?

- Nada, cousas miñas... Cinco minutos. – Saín cara a biblioteca sen libros onde aquela mesma tarde montáramos o ordenador que pasara dous anos embalado nos baixos da casa do concello.

- Oíches, alcalde, o carallo este non será un revolucionario deses, ou?

Foron pouco máis de cinco minutos. Algún máis porque, co traballo rematado e impreso, Fernando advertiume que o presidente era algo curto de vista pero que, por coquetería, xamais puña anteollos, polo que houbo que volver a imprimir cun corpo de letra moito máis grande. Así, tamén, o escrito de apenas dúas follas chegou a cinco e avultaba un pouco máis, daba máis "nivel". O orador nin sequera se molestou en ler o texto, pois cando llo entregamos estaba a poñer a caldo ao alcalde por non sei que cousa dos plans de cooperación coas comunidades veciñais. Limitouse a agarrar as follas, dobrándoas dúas veces e meténdoas no peto da americana. Nin as grazas me deu. Fernando si, porque xa se vía saíndo a toda mecha para a capital, co perigo de non atopar, a aquelas horas, ao xefe de protocolo por sitio ningún e volver de baleiro, o que, nos seus cálculos, elevaría o cabreo a niveis xamais acadados. Á noitiña, xa máis calmo, pagou os cubatas.

- ...Esta casa da cultura que hoxe inaughuramos é un fito máis no grande esforzo inversor desta deputación. Como presidente, estou decidido a acheghar a cada

14

recuncho da provincia, por remoto que sexa, o faro ghiador da cultura…

Non quedara mal. Se un se fixa un pouco, os discursos políticos non son máis ca un conxunto de estereotipos e frases feitas, así que apliquei a receita. Iso si, aínda que non o fora pronunciar eu, nin se fora a saber que era obra miña, un certo sentido do decoro fíxome querer darlle certa altura.

- …nesta biblioteca, hoxe baleira, deberán ter cabida as máis altas cumes da literatura universal, dende Dos… Dos…

Alí comezou a tatexar. Resistíuselle Dostoievski, e case foi mellor así. Detrás viñan Yeats, Steinbeck, Faulkner, Hemingway ou, peor aínda, a Szymborska ou Imre Kertész. Ou ben me pareceu que un político debía presumir de ampla cultura, ou ben estaba a presumir eu mesmo dos meus mitos literarios. Don Francisco vacilou un chisco antes de poder saír do apuro. Revisou aquelas dúas liñas de nomes raros e impronunciábeis para el até dar con algún accesíbel.

- …dende Dos Passos até calquera outro que se vos veña á cabeza, que seguro que tendes moitos aí metidos.

Vacilou outro intre mentres volvía ao fío dos últimos parágrafos, unha vez pasada a árida lista literaria, e reenganchou por fin.

- …aquí todos atoparán un lugar acolledor, e un público lector fiel e entreghado oxalá que gocedes destas instalacións. Ala!

Había un punto despois de "entregado", pero coas presas o *oxalá* non ía en maiúscula. "Oxalá que gocedes" era a fin do discurso, pero creo que ninguén se decatou da gralla. O presidente intuíu que a última frase que pronunciara non tiña musicalidade suficiente para ser conclusiva, e por iso soltou o "Ala" que pechou, por fin a peza oratoria.

Despois houbo pinchos. "Viño español", dicía o cartaz que se repartira por toda a parroquia nos días previos. En realidade, viño a fartar, sen dúbida, tanto branco como tinto, aínda que de orixe máis ben descoñecida, engarrafado sen etiqueta de ningunha clase, agás na mesa das autoridades, onde destacaban moreas de botellas de albariño e de rioxa. Alí tamén había copas, fronte aos vasos de plástico da plebe. Pero todos iguais fronte á empanada de xoubas e máis a de liscos, ás tortillas cortadas en cubos inzadas de pauciños e ás bandexas de embutidos variados. A xente engulía movida por ese instinto que nos obriga a fartarnos nestas ocasións, cando a comida é de balde ou, aínda mellor, cando paga o concello. Mentres buscaba a maneira de distraer unha bandexa de empanada do espazo vital da señora Remedios, unha veciña, ao tempo que vixiaba as idas e vindas das rapazas da cafetaría, única dependencia da casa da cultura que xa funcionaba, agardando con ansia que nalgún momento se lles ocorrera traer algunha cervexa por se alguén, como era o meu caso, non gustaba do viño, sentín que alguén me tiraba polo brazo. Era o alcalde.

- Don Francisco quere falar un momentiño contigo.
- Para que? –Era unha pregunta parva. Para que había ser senón para dar as grazas, non?-
- Para o que sexa, home. Ti ven e listo. –O alcalde non quería máis andrómenas naquel día tan estresante para el-.

Achegámonos á mesa de autoridades e agardamos un chisco en tanto o presidente lle enchía a copa ao delegado provincial de cultura. Cando ollou para nós, o alcalde aproveitou.

- Aquí ten ao rapaz. Élle do mellor que temos por aquí.
- E como se chama?
- Chámase Santiago Loureiro, igual ca seu pai – respondeu o alcalde-.
- É logo que está estudando?

A min xa me estaba a rebentar aquela conversa. Falaban de min sen dirixirme a palabra, e o alcalde contestaba por min como se fose parvo. Ademais, el non tiña nin a máis remota idea do que eu estudaba, así que respondín.

- Estudo hispánicas na capital.

- Pero en hispánicas non aprendiches todos os carallos estranxeiros eses que me metiches no discurso, mecaghonatós!

- Gústame a literatura. Son escritores

- Xa sei que son escritores, carallo. Até aí chegho. E ti liches a todos eses sopraghaitas?

- ...

Non souben que dicir. E máis ben, que se podía dicir? Terzou o alcalde.

- Eses e moitos máis. Este le até os prospectos das menciñas. Élle un rapaz moi lido.

- E fáltache moito para rematar?

- Para rematar o que? -Eu estaba realmente sorprendido. Que esperaba o home aquel que rematara, de ler toda a literatura do mundo?-

- Que vai sei, hostia! A carreira esa que estudas!

- Ah!

Na altura quedábanme apenas a Lingüística Románica e a Dialectoloxía para superar a licenciatura. Pouca cousa.

- Pois xa falaremos. Hante chamar un día destes. Veña! Vai papar algo antes que se acabe!

II

Fernando avisoume á semana seguinte de que tiña que pasar pola Deputación para falar co presidente aquel mesmo día, sobre as tres menos cuarto. Como é natural, sentín curiosidade, pero o meu curmán non me soubo dicir máis. Eu, como é lóxico, pensei que andaría aínda molesto pola nómina de literatos estranxeiros que lle tiña colado no texto da inauguración, e considerei que xa era obsesión de abondo. Decidín non ir. Non tiña gañas de aturar a aquel ignorantiño con ínfulas de grande señor. Comentei o caso coa Mamen, a miña compañeira de apartamento.

- Se o sei non lle fago o discurso nin a nai que o pariu! Se non sabe quen é Dostoiewski que non fale. Que corte unha fita e en paz!

- Eu coido que deberas ir –dixo a Mamen-. Con esa xente é mellor non ter problemas. Non sabes cando se vai cruzar no teu camiño. Ademais, ao mellor só é para darche as grazas.

- As grazas puido darmas o mesmo día, que tivo boa ocasión de facelo.

- Pero mira que es rancoroso! Anda, vai.

E puxo aquela voceciña tan doce. E aquela ollada tan expresiva. Si, tiña que ir. Porque daquela eu estaba namorado da Mamen. Eramos catro no apartamento: nós os dous, a Tareixiña e a Lupe, e levabamos dous anos de convivencia. Fora a Lupe a que arranxara a vivenda, e os demais chegaramos a través dos taboleiros de anuncios. Eu namoreime no primeiro momento e tan forte que, no canto de entrarlle directamente, andei a facer o parvo até que souben que saía cun ghicho que xogaba na equipa de baloncesto da cidade, un tipo de dous metros que, para colmo, era guapo a rabiar. Xamais perdín a esperanza de que rompera co longueirón aquel pero, para a miña desgraza, en pouco tempo pasei a ser o "mellor amigo" da Mamen. Iso é do peorciño que che pode pasar. Porque, probabelmente, o mellor amigo é para moitas mulleres o último tipo no que pensaría para ter un romance, e menos aínda cando comezan as confidencias. Porque o longueirón daba moito de si, era mullerego e algo brután e, claro, todas me viñan a min. Nas longas noites de café e marlboros Mamen buscaba só un amigo no que descargar unha mestura de sentimentos que ían da rabia ao desencanto, sen decatarse de que eu estaba toliño por ela.

- Pero Mamen, por que non deixas dunha vez a ese tipo? –Debín repetir esta frase, con diversas variacións, máis de mil veces e sen resultado ningún-.

- Non sei, Iago. Isto é tan complicado! Eu no fondo quéroo a pesares de todo.

E iso é o peor que che poden dicir, sobre todo cando baixo a condición de mellor amigo se agocha un namorado desesperado. O meu curmán Fernando era o único que coñecía a miña situación.

- E xa a viches en bolas?

- O que? Pero ti de que vas?

- É normal, non? Cando unha tía non agarda nada dun tío, en fin, xa sabes a que me refiro, pois non ten tanto pudor. E ademais vivides xuntos, machiño. Seguro que hai moitas ocasións.

Non, xamais a vira núa. Á Tareixiña si, pois non se agochaba para nada e, se alguén puña cara rara, ela respondía con toda naturalidade: - Nunca viches unha muller en coiro ou que?- Pero Mamen era distinta. Como moito, cruzábame con ela, vestida cun albornoz, de camiño ao único baño do apartamento. E realmente tiña un corpazo sensacional, pero o que máis me gustaba eran aqueles ollos escuros case imperceptibelmente estrábicos. E a súa forma de ser, leda e optimista. O seu sorriso case obrigatorio. Canto teño devecido por ela!

A Tareixiña, directa e contundente, ás veces tirábame polo xenio.

- A ver, rapas, en todo este tempo que levamos vivindo xuntos nunca che soubemos de ligue ninghún. Que pasa, queres chegar virxe ao casamento ou senón non sei que che pasa?

- Tareixa, por favor, déixame en paz coas miñas cousas. A ti todo iso non che importa nada.

- Importa, claro que importa. A ver se vas resultar un tío raro deses, e un día che dá por aí e nos violas ás tres. Ou, aínda peor, nos afoghas coa almofada. Xa estou vendo os xornais, "tres estudantes asasinadas nun apartamento da cidade". Ben, serían dúas en todo caso, porque á Lupe non lle vemos o pelo para nada.

Lupe andaba ao seu, coa súa panda de amigos de movida medio hippie. A maior parte do tempo estaba de ocupa nunha casa do casco vello que tiñan convertida nunha especie de centro comunitario. Compartir apartamento connosco era unha mera tapadeira para que os seus pais non se decataran das súas andainas. Chamábana por teléfono cada dous ou tres días e sempre tiñamos que poñer algunha escusa do tipo "ía ver unha obra de teatro cuns compañeiros". De quince en quince días aparecían cargados de empanadas, chourizos, chicharróns –eles dicían roxós- e outras viandas que Lupe, xa plenamente vexetariana, non ía catar. Pero nós si. Cando menos Tareixiña e máis eu, e algún compañeiro ou compañeira que aparecían de cando en vez. Porque Mamen parecía que vivira do ar. Comía pouco e a destempo, e tíñame bastante preocupado. Ás veces, brincando, collíalle os paquetes de barriñas enerxéticas que comía e ela perseguíame por toda a casa até que me pillaba e me tiraba ao chan, ou enriba dunha cama, e comezaba a facerme cóxegas por todo o corpo.

- Onde están?

- Por favor, Mamen, cóxegas non! Por favor!

- Pois dime onde as tes.

- Nooon…

Máis dunha vez estiven a piques de aproveitar a situación e bicala apaixonadamente, desesperadamente, nun súpeto wildeano que imprimira un cambio brusco nos acontecementos. Se me tivera atrevido, ao mellor agora as cousas serían moi distintas. Ou, quen sabe, quizais levara unha tremenda labazada e rematara para sempre aquela situación. Porque, a falla doutra cousa, cheguei a estar cómodo co devir das cousas. Polo menos tiña a Mamen preto de min todos os días. Podía rir con ela e, con frecuencia, iamos xuntos ao cinema ou ao teatro, a escoitar música. O longueirón respondía ao tópico e, todo o que non fora deporte, nomeadamente baloncesto, pertencía a outra galaxia afastada e descoñecida. Pero Mamen era unha rapaza sensíbel que se emocionaba coas pequenas cousas, que amaba a música, a danza e a poesía. Era perfecta. Ben, era algo sensibleira de máis, de acordo. Se cadra demasiado impresionábel e unha miguiña cursi. Un pouquiño parva, se acaso. Parviña, máis ben. Pero aos meus ollos era perfecta.

Por iso, cando puxo aqueles olliños de cabritiña e me dixo, anda vai, viroume por completo a decisión inicial de non acudir á deputación. Oh, Mamen, se te pillara agora mesmo era capaz de afogarte!

III

Panchito De la Fuente descubriu tarde a súa vocación, pero non importaba. Papá tiña cartos. Explotaba canteiras e traballadores. A unhas sacáballes grava, lousa, mármore ou o que se cadrara. Aos outros sacáballes todo o que daban de si a cambio de catro cadelas, e aínda lle tiñan que estar agradecidos por ter onde traballar nunha bisbarra como aquela, onde non había máis alternativa que o campo ou a emigración ás cidades na procura de mellores oportunidades. Se cadra era por iso que os traballadores de don Pancho De la Fuente, pai, se deixaban explotar sen a máis mínima queixa, pois tampouco tiveran o valor suficiente para pillar o petate e marchar de alí. Ademais, don Pancho era un empresario feito a si mesmo que empezara cun camión vello e moita vista para os negocios, polo que espertaba unha admiración case unánime nas xentes do seu pequeno mundo.

O pequeno Francisco, Panchito para distinguilo do seu pai, chegara ao mundo xusto a tempo, cando os negocios comezaban a marchar ben e o diñeiro, capaz de tapar todas as carencias familiares, entraba ás mancheas. O benxamín dos De la Fuente puido gozar dunha vida máis regalada da que tiveran as súas irmás maiores, que aínda coñeceran os tempos duros dos comezos. Xa de neno apuntaba maneiras. Apaixonado polo fútbol, como todos os seus compañeiros de

22

colexio, tamén como eles coleccionaba os cromos das equipas de primeira división. Só que, cando os demais os mercaban de tarde en tarde cos poucos cartos que daban sisado na casa, Panchito De la Fuente xa facía as cousas ao grande.

- Dáme dez pesos de cromos

E os demais envexaban a aquel potentado que dunha tacada enchía medio álbum, que tiña as mellores bolas do colexio e que paseaba, xa no colmo da riqueza, en bicicleta de carreiras. E aínda por riba tiña escopeta de balotes! Don Pancho aplicaba o sinxelo criterio de que o seu fillo tivera doado acceso a todo o que a el lle faltara de neno. Só esqueceu unha cousa.

Panchito era mal estudante. Probabelmente intuía que todo o que lle faría falla para defenderse no mundo non viña naqueles libros que tanta sangue lle custaban para que, nin así, lle entrara unha soa letra.

- Os afluentes do Miño son…
- Eh… Isto… O… O Ebro!

E plas!, regrazo nas mans. Porque con don Lisardo non lle valía de nada ter cartos, nin bici de carreiras nin escopeta de balotes. Naquelas ocasións era igual ca os demais, e aínda menos que a maioría, que si sabían que os afluentes do Miño eran o Sil, o Neira, o Barbantiño e o Búbal.

Os nenos naquel tempo empezaban a arelar un futuro distinto do que tiveran os seus pais. Á pregunta "que queredes ser de maiores" ninguén respondía "agricultor" ou "gandeiro". Había aspirantes a médicos, a bombeiros, a astronautas, aínda que a moitos destes profesionais non os vían máis ca na tele, cada vez máis presente nas casas. Panchito tíñao claro.

- Eu de maior quero ter canteiras, e camións, e moitos cartos no banco.

- Preguntei que queredes ser, non que queredes ter – corrixiu o mestre- Tes que dicir "eu quero ser empresario".

- Iso tamén –respondeu Panchito-

Tampouco en matemáticas facía feira o pequeno, se ben dona Domitila era máis compasiva e non lle zoupaba, pero queixábase continuamente á nai do pequeno.

- Tendes que facer algo polo neno, Inés. Senón nunca vai chegar a ser nada na vida.

- Ai, eu xa lle digo todos os días que ten que estudar, pero non me fai ningún caso. Téñoo ofrecido á Virxe dos Remedios, a ver se lle me dá un pouco de cabeciña.

- Pero se non é parvo, Inesiña. É vago, máis ben.

- Por iso, por iso. A ver se a Virxe dos Remedios mo leva por bo camiño.

Se cadra as pregarias de dona Inés fixeron efecto, pois Panchito, mal que ben, foi saíndo adiante e sacou o graduado, mais os mestres recomendaron que seguira estudos de bacharelato nun centro privado, mellor en réxime de internado. Así chegou cabo dos maristas e, a base de paus e castigos puido, por fin, adquirir un lixeiro verniz formativo. As fins de semana volvía ao pobo e aproveitaba para ser de novo o rei do mambo por unhas horas, despois de cinco días de sacrificios. Andaba para arriba e para abaixo nunha Montesa Impala, ligando con toda rapaza que se puxera a tiro e pagando cubatas a troche e moche.

Custoulles traballo aos maristas sacar para adiante ao rapaz, pero ao cabo fixo COU, nada máis que para darse de fuciños coa selectividade. Dous anos e catro convocatorias xuño-setembro-xuño-setembro para acabar sacando un cinco raspado, o xusto para acceder á universidade, en dereito. Seis anos na universidade non deron para outra cousa que para unha continua esmorga. Non superou nin unha soa materia de primeiro, pero pasouno ben. No seu futuro currículo figuraría un indeterminado "frecuentou estudos de dereito", se ben "frecuentar" non fose a palabra máis acaída para as súas raras visitas á facultade.

Despois de todo, tiña o traballo na casa, se por acaso fora decidirse a traballar, pero don Pancho De la Fuente tiña outros proxectos. Facendo uso das súas xa cumpridas influencias conseguiulle un posto de concelleiro como primeiro paso cara o pazo provincial, onde entrou triunfal cando o deixaron intervir ao final dun debate.

- …e non debemos espallarnos máis neste asunto, que para min é pataca miúda e ao final, como sigamos insistindo, habemos pagar as consecuencias…

Pero axiña comezou a demostrar que, aínda que non sabía falar en público, tiña madeira de político populista. A xestión de cuantiosos fondos de cooperación coas comunidades veciñais permitiulle ir tecendo unha rede de clientes políticos que, pouco a pouco, foron apontoando a súa posición dentro do partido. Catro anos despois, na seguinte lexislatura, Panchito De la Fuente xa era don Francisco De la Fuente, presidente da Deputación.

IV

Ás tres menos cuarto agardaba no pazo provincial sen saber que pintaba eu alí. Comezaba a dubidar se fixera ben en atender o consello de Mamen, seguro de que o presidente me ía poñer a parir pola lista de escritores. Fernando apareceu por unha porta.

- Xa estas aquí? Ben, don Francisco vaite recibir agora mesmo.
- Pero que me quere?
- Non che sei. Xa cho dirá.
- Mira, Fernando, se me vai botar a rifa por meterlle a Dostoievski nun papel, vouno mandar á merda.
- Eu que sei, Iaguiño. Xa veremos.

Agardamos media hora longa nunha antesala. Do interior do despacho saían berros claramente distinguíbeis, pero unha grosa porta de madeira impedía entender nada. Por fin soou un interfono e Fernando respondeu.

- Xa está aquí o meu curmán, don Francisco.
- Veña, pasade dunha vez.

Entramos. O presidente nin sequera nos mandou sentar. A propósito, segundo souben máis tarde. Era un mestre facendo que a xente se sentira insignificante diante del. Se cadra era parte do seu complexo, pois medía pouco máis de un metro sesenta e levábao bastante mal.

- Don Francisco, o meu curmán Santiago.

- Xa sei quen é, carallo, non son parvo. Vai de aí e chámame inmediatamente ao imbécil ese de Piñeiro e que se presente aquí ás cinco. Vai saber quen manda aquí, mecaghonapuñeta!

Fernando saíu e fiquei alí de pé, disposto a mandar fritir espárragos a aquel home.

- A ver, ti estudabas a merda esa das letras, non?

- Hispánicas. Filoloxía.

- E dáseche ben escribir, non?

- Máis ou menos.

- Pois eu teño aquí traballo para ti. Para que despois dighades que non tendes colocación ao rematar a carreira.

- Traballo? Facendo que?

- Pois o que fixeches o outro día, paspán. Non vas vir retellar o pazo provincial.

- Discursos?

- Discursos, claro. Non é tan difícil, ou? Agora fanmos aquí os pallasos estes de protocolo e mecaghonanai que os…

A verdade, era o último que me pasaba pola cabeza naquel momento. Facerlle os discursos ao pequeno Nerón que tiña á fronte.

- Pero, cantos? Con que frecuencia? Canto pagan?

- Ah, carallo! Ti es dos meus. Xa estamos falando de cartos. Por iso non te preocupes, que te meto aquí na deputación cun contrato e ao carallo. E o traballo non che quita máis de media hora diaria, que eu tampouco vou pasar a vida dando discursos, caghiná! O resto do tempo fas o que che dea a gaña. Non che faltaban dúas materias para acabar a carreira?

- Máis ou menos.

- Como máis ou menos? Ou che quedan dúas ou non che quedan. Que carallo é iso de máis ou menos? Non empeces vacilándome, rapaz, que ti e máis eu temos que levarnos ben!

- Quédanme dúas de quinto, si.

- Iso está mellor. Pois veña, está feito. Só unha cousiña, nin se che ocorra meterme palabras raras ou nomes estranxeiros como o outro día. E se non queda máis remedio, escríbesmo en cristián, como se pronuncia. Estamos?

- En transcrición fonética.

- En que?

- En cristián...

- Xa nos imos entendendo. Pois mañá empezas. O sábado teño que inaughurar non sei que *simpodio* da federación de empresarios. Teño que parolar dez minutos.

Así foi como me convertín en escritor de discursos políticos. Contratáronme como asesor do presidente cun bo salario e a perspectiva de non dar nin golpe, fóra dunha regular produción de tópicos discursivos que debía redactar con certa frecuencia. E caín ben na trampa. Aquilo de "o traballo non che quita máis de media hora diaria" resultou ao final estar pendente a todas horas daquel pequeno Napoleón e da súa necesidade de amosar un "nivel" do que en realidade carecía. A duras penas fun sacando adiante as últimas materias da licenciatura, se ben axudado pola sona que axiña correu pola facultade de que eu lle escribía os discursos a don Francisco.

Ao principio a cousa era doada. Había certas premisas fundamentais que aprendín axiña, como que as parrafadas debían carecer de calquera contido substancial, non conter promesa algunha, ter un certo estilo barroco e grandilocuente ou que debían rematar nun *crescendo* que non dera lugar á necesidade de máis palabras. Como quen di, que as intervencións do presidente foran a traca final de calquera acto, que ficara a sensación que explica moi ben aquel adaxio clásico: *roma locuta, causa finita*.

Despois, había cousas ben máis sutís. Por exemplo, non podía utilizar expresións como "de grande talla" ou "a grande altura" e semellantes. Habitaba nas neuronas máis sensíbeis do xefe un tremendo complexo por causa da súa

28

curta estatura que o levaba a negarse, entre outras cousas, a compartir actos cun dos alcaldes do seu partido na provincia, un longueirón de case dous metros que, a causa disto, e a pesares da súa valía, xamais puido ser deputado provincial. Todo o mundo sabía por que, e todos tiñan mágoa polo xigantesco alcalde que, deste xeito viu frustrada unha posíbel carreira política. Outras cuestións a evitar eran as mencións ás habilitacións académicas de don Francisco, polo demais limitadas á educación secundaria, ou aos negocios familiares, se ben pola contra era unha esixencia diante certos auditorios a mención aos difíciles comezos do seu pai e ás privacións da familia nos "tempos heroicos" que el, o último dos irmáns, non chegara a vivir.

Fóra diso, a súa vida familiar era outro tabú. Se cadra por elo a muller do xefe rara vez aparecía nos actos políticos ou institucionais. Casara pouco despois de ser elixido deputado provincial cunha moza do pobo, a filla dun empresario vido a menos que, segundo se dicía, rematara os seus días pegándose un tiro logo de ver crebar todos os negocios herdados de varias xeracións. Dona Rosa era unha muller moi atractiva. Do pouco contacto que tiñamos con ela sabiamos que era unha persoa culta e amable, posibelmente moi tímida e retraída. Non alternaba coas mulleres de outros persoeiros importantes da cidade nin lle coñeciamos vida social algunha. Frecuentemente estaba fóra da cidade, non se sabe onde. Corrían rumores que apuntaban a desavinzas entre a parella, que non tiña fillos, que se calaban en favor das aspiracións políticas de don Francisco, agora xa moi coidadoso coas formas para non perder votos nin apoios no seu proxecto persoal.

E tamén había que ter coidado precisamente con esas aspiracións. Non debía deixar translucir unha ambición persoal que era máis ca evidente. Pola contra, o xefe gustaba de inzar os discursos con continuas alusións a que "o seu posto colmaba as súas arelas", que "estaría sempre onde o partido e os cidadáns quixesen que estivera" e, a súa preferida, que "toda a súa ambición política era ser concelleiro do seu pobo". Claro que o seu comportamento habitual desmentía toda declaración de humildade. Souben axiña, por se non me quedara claro de antemán, que don Francisco non facía suxestións, daba ordes. Non discutía os contidos, se algo non lle pracía era de agardar un torrente de insultos e improperios. Decateime tamén de que todos os que traballabamos para el eramos unha especie de serventes que consideraba da súa propiedade. Había que estar a dispor cando el dixera e para o que fora, a vida privada de cada un era un atranco que o xefe non estaba disposto a tolerar. O primeiro que recibiamos era un teléfono móbil que debía estar conectado as vintecatro horas do día, e podía ocorrerselle chamar ás catro da mañá simplemente para fardar ante os amigotes de farra.

- Mmm... diga?
- A ver, Loureiro, non estarás durmindo!
- Ssssi... staba....
- Oi, mecaghoentodo! Así non cheghas a nada, chacho! Hai que aproveitar o día e maila noite!
- Sssi, xefe...
- A ver, de que coño ía a cousa esa que teño que inaughurar mañá no pazo de congresos?
- Mmmañá... xornadas sobre alcoholismo... ás dez...
- Iso, merda! A historia esa dos alcohólicos.
- Ex-alcohólicos, xefe...
- Bo! Algho lle darán aínda á botella. Veña, a durmir, hostia!

As correrías de don Francisco non eran ningún segredo. Tiña o costume de cear fora da casa todos os días da semana e despois andaba de copas até as tantas da noite. Como consecuencia, nas primeiras horas da mañá era moi rara a súa presenza na deputación. Con todo, iso non nos libraba aos demais de chegar puntuais, xa que algunha rara vez era capaz de empalmar a farra co traballo, e aparecer ás oito no pazo provincial convocando a grandes berros a calquera dos seus colaboradores. A calquera menos á Mapi. María do Pilar –Mapi- era a secretaria do xefe. Unha moza enormemente eficiente, profesional, estudadísima e para colmo fermosa, con figura de modelo e cara de boneca, cunha voz preciosa, elegante... Era tan perfecta que até daba medo. Coido que por iso era á única persoa do seu contorno á que don Francisco trababa cun certo respecto. Por iso e porque, como a todos, creo que lle gustaba. Á Mapi non lle berraba, e procuraba limitar as palabras grosas, aínda que sen moito éxito, diante dela. Aquela moza era como unha nota discordante no medio da traxicomedia que transcorría todos os días na zona nobre do pazo provincial. Era como unha illa, imperturbábel no medio da loucura habitual, eficiente, prusiana, fermosa.

- Don Francisco, o conselleiro de industria pola liña un.

- Ghraciñas, bonita, pásamo.

Grazas! Palabra descoñecida no limitado vocabulario do xefe agás cando se dirixía á súa secretaria. Polo demais, pouco sabiamos dela ou da súa vida privada. Xamais falaba doutra cousa que de asuntos relacionados co traballo, e nunca asistía ás papadolas que organizabamos con certa frecuencia. Houbo, por suposto, moitos intentos de ligar con ela por parte do persoal. Eu incluído.

- Mapi, pódote convidar a cear un día destes?

- Non.

- Por que?

- Porque non.

E punto. Sempre remataba igual. Non había nada que facer ante aquelas respostas secas e cortantes. Pereiro, un dos enxeñeiros do departamento de vías e obras, un día quixo ir máis alá. Tendeulle unha trampa coa escusa de buscar non sei que expediente nun arquivo e alí tentou bicala. O resultado foi unha sonora labazada e a ameaza de denuncialo por acoso sexual. Pero, como todo se sabe, don

Francisco non tardou en coñecer o incidente. Aquel día os berros en vías e obras foron apocalípticos.

- Pereiro, mecaghonanaiquete... ! Se non sabes controlarte hei facer que cha corten! Mamón! Fillode...!

- Don Francisco, eu...

- A min non me repliques! *Sinverghuenza*! E aghora mesmo llo digo ao teu tío! Saído! Que es un saído!

Probabelmente iso foi o que salvou a Pereiro, o seu tío, vicepresidente do comité provincial do partido. Sen embargo, non o librou de ficar relegado no departamento e sinalado para sempre como obseso sexual e, o que era máis grave, obxecto da ira do xefe. Aquilo tamén axudou a que viramos a Mapi como unha deusa inalcanzábel.

V

A Rosa Fole todo o seu mundo se lle derrubou un sete de maio ás oito da mañá. Xa nada volveu ser o mesmo dende aquela horríbel chamada. A súa mente esqueceu moitas das cousas que viñeron despois, e as semanas seguintes a aquel día de primavera son unha lembranza envolta en néboa. Pero recorda claramente á súa compañeira Belén espertándoa con cara de preocupación. Recorda cada unha das palabras.

- Rosa, tes unha chamada da túa casa. Parece urxente.

Lémbrase pondo unha bata e zapatillas, correndo apurada polos corredores baleiros da residencia relixiosa de estudantes, entrando asustada no despacho da directora.

- Rosa?
- Que pasa? Quen é?
- Son mamá, Rosa. Ven axiña. Papá morreu...

Lembra a voz nerviosa da súa nai ao aparello, o seu pranto. Lembra a súa propia angustia e a man da irmá directora no seu ombreiro. – Hai que ser fortes-, lle dixo. – Deus é o que dispón de cada un de nós- engadiu. Si. Lémbrao claramente. Tamén o camiño ao pobo nun taxi, e a chegada á súa casa rodeada de xente, de coches. Estaba a Garda Civil, e o alcalde, que a apertou ao baixar do taxi.

- Acompáñote no sentimento, Rosiña. Tes que ser forte.

- Que pasou? Que é o que pasou?

- Ten calma, miña nena. Ven para dentro.

Lembra á súa nai derrubada nunha cadeira do salón, rodeada de mulleres, e ao xuíz saíndo do despacho do seu pai xunto ao capitán, que estaba a pechar un cartafol azul de gomas. Ninguén pechou aquela porta e puido ver a imaxe máis terríbel da súa vida. O seu pai derrubado cara atrás na cadeira coa cabeza desfeita e unha poza de sangue na alfombra. Un ataque de histeria. Don Xosé Luís, o médico, erguéndolle a manga do xersei. Unha picada. E os días neboentos e tristeiros que viñeron despois.

Pedro Fole non precisara demasiados esforzos para chegar onde chegara. A súa familia dedicárase á pesca dende que había memoria e el non fixo máis ca seguir os pasos que xa seguiran o seu pai, o seu avó e antes aínda o seu bisavó. Armador de varios barcos, distribuidor de peixe, axiña lle entrou a teima de diversificar e ampliar os seus horizontes e non dubidou en meterse a fondo no negocio inmobiliario e noutros investimentos fóra da tradición familiar. Casado e cun fillo e unha filla que eran os seus máis prezados bens, tratou de darlles sempre o mellor, pero esixindo en troques o esforzo necesario para seren algo na vida. Rosa, a súa pequena mimada, respondeu sempre a esta esixencia, ao contrario que o seu irmán. As súas boas notas eran a chave dunha boa existencia, de veráns en Irlanda para perfeccionar o seu inglés, da roupa de marca que era a envexa das súas amigas, da mellor equipa fotográfica que había no mercado, do piano Steinway e de canto capricho se lle pasara pola cabeza. Papá non sabía dicir que non a nada, e mentres as cualificacións escolares foran as agardadas tería todo o que quixera.

Rosa tiña gravado a lume na cabeza o día que cambiou a súa vida, pero a secuencia de como se decatou de que perdera todo canto tiña sentido para ela era moito máis difusa. Ela e maila súa nai padeceran soas o dó pola perda do pai. Do seu irmán, que marchara había anos a estudar a Londres, non sabían nada. Só seu pai tiña noticias del de cando en vez, cando precisaba cartos urxentes. Ninguén puido localizalo daquela, e tampouco máis adiante, cando descubriron a verdadeira dimensión da catástrofe.

Porque estaban na máis completa ruína. Nos últimos dez anos os negocios ían cada vez peor, e Pedro Fole iniciou aventuras cada vez máis arriscadas para tratar de evitar o desastre. Nunca dixo nada, e tratou de aparentar que todo seguía igual, até que o cerco xudicial dos seus acredores o levou á desesperación. Despois do golpe recibido co suicidio do pai, veu a coda:

- Non hai máis que débedas –anuncioulles o avogado-, e superan con moito a todo o que vos puidera quedar.

- Pero, a casa? Os barcos? –Rosa non daba creto-.

- Os barcos están embargados, igual que todo o demais. A casa ten unha hipoteca, pero aínda que puiderades conservala non sei como a iades pagar.

- Pero, iso é imposíbel! Meu pai non nos deixaría cunha man diante e outra detrás.

- Temo que esa é exactamente a situación. Síntoo.

Sentíao, si, pero non solucionaba nada. Rosa pediu que lle mandaran as súas cousas dende o colexio universitario, que xa non podía pagar. Non tiñan diñeiro ningún, e durante algún tempo viviron da caridade dalgúns amigos do pai. Pancho De la Fuente deixoulles un pequeno apartamento e mandáballes de cando en cando un sobre con cartos por un empregado. Tamén moveu os contactos necesarios para internar á nai de Rosa cando a grave depresión que sufría se fixo insoportábel. Foi nese momento cando empezou a pensar que tiña que facer algo coa súa vida, e tamén cando Panchito De la Fuente empezou a cortexala a instancias de dona Inés:

- Ai, pobriña! Moita pena me dá a Rosiña. Mira, neniño, era moi bo partido para ti.

- Mamá, caghiná! Non me veñas con esas. Eu son moi novo aínda para amarrarme. Ademais, esta non ten onde caer morta.

- Ai, meu fillo! Non digas iso que non sabes como te verás! Unha moza tan disposta coma ela non a vas atopar nunca. E como non te deas presa vai vir outro máis listo e vaicha levar diante dos fuciños.

- Mamá! Hostia! Que non, ho!

Pero dona Inés conseguiu o seu propósito, e o tarambainas de Panchito De la Fuente acabou casando con Rosa Fole, porque non lle quedaba outra. Ela non foi demasiado consciente do que estaba a facer. Se cadra viu aquela voda como a maneira máis doada de resolver a súa situación, cando menos a curto prazo. De seguida se decatou que o seu home non ía renunciar a pasalo ben pero, en troques, recuperara un certo nivel de benestar e, o máis importante, cando Francisco chegou á deputación puido retomar os seus estudos na universidade. Para entón, o matrimonio era unha especie de pacto mutuo de non inxerencia nos asuntos do outro. El vivía nunha farra continua, frecuentaba as mellores rameiras da cidade e, como novidade, comezou a arranxar algunha amante máis ou menos fixa, da maneira tradicional, isto é, co agasallo dun apartamento, cartos, xoias e, cando comezaba a cansar dela, un emprego na empresa dalgún amigo. Ela, en troques, tiña liberdade para facer case todo o que lle dera a gaña, estudar, viaxar, mercar cousas... Só había un límite: nada de amoríos, cando menos na cidade. Para os dous, as regras básicas eran non reprocharse nada un ao outro e aparentar unha completa harmonía cara a sociedade.

Había outro interese máis ou menos común. Ter fillos. Neste asunto, o desexo era unánime por parte de todo o contorno dos de la Fuente, xa convertidos nunha especie de saga familiar que agardaba impaciente pola terceira xeración, por un Francisco III que garantira no futuro a continuidade xenética. O vello don Francisco e a súa dona presionaban continuamente, preocupados xa pola tardanza. Tamén concordaban os distintos intereses da estraña parella. El, xa cerca dos corenta, precisaba a imaxe de político pai de familia diante dun electorado máis ben conservador e apegado ás tradicións e, ollando máis alá, para acalar os cada vez máis constantes rumores acerca da súa vida paralela, que podían facerlles moito dano ás súas ambicións de futuro. Para Rosa, sempre soa, a crianza dun pequeno viría encher unha existencia cada vez máis baleira.

Nos primeiros anos de casados el simplemente cumpría, sen máis trámites. A fogaxe e a experimentación deixábaos para as prostitutas. Facer o amor coa muller era unha simple obriga unha vez por semana ou cada dúas semanas, entrando directamente en materia e resolvendo no tempo estritamente necesario. Nun plis-plás. A medida que o tempo pasaba e Rosa non empreñaba, até foi perdendo o interese. Era ela quen máis teimaba, levando un estrito rexistro dos ciclos mensuais.

- Paco, deberiamos aproveitar estes días. Estou a ovular.

- Estás segura? Non sei se farás ben as contas, caghonapuñeta. Pero veña, imos darlle logo. Pasa para a cama.

A medida que pasaba o tempo e el cada vez aparecía menos pola casa, Rosa chamaba á deputación para dar parte do seu ciclo de fertilidade. Como rara vez estaba, ou non se quería poñer, deixáballe recado a Mapi.

- Mapi, cariño, dille a Paco que hoxe temos deberes, que non se despiste.

- Deberes, dona Rosa?

- Si, deberes. El xa sabe.

Pero a maior parte das veces nin sequera se molestaba en acudir. Ao final, tiráballe máis a diversión. Pero Rosa nunca deixou de insistir. Á fin, incluso, por SMS:

Pko.Oxe tes q pasar x casa sen falla. Tou ovlndo. E iso que cada vez tiña máis medo a pillar unha enfermidade de transmisión sexual a causa das múltiples aventuras do seu home.

Finalmente, decidiu acudir ao médico para descubrir se era fértil ou non. Despois de múltiples probas, resultou que si.

- Agora debería vir o seu marido por aquí. Se vostede está perfectamente, é lóxico que o problema sexa del.

- O meu marido? A ver como llo explico.

- Señora, estas cousas son normais, están á orde do día. Non pasa nada.

- É que vostede non o coñece.

Aproveitou unha comida familiar na casa dos sogros para soltar a bomba, unha vez que dona Inés sacou o tema, como era previsíbel.

- E non vos parece que levades moito tempo sen ter fillos? Non deberiades consultar o caso.

- Eu xa me fixen probas, Inés, e estou perfectamente. Agora ten que ir Paco a mirarse.

A Francisco fillo conxestionouselle a cara coa sorpresa. Ademais, atorou cun anaco de tenreira estufada que estaba a tragar. Case afoga. Francisco pai terzou na embarazosa situación.

- Pero muller. Esas cousas hérdanse, ho! E eu até aghora non fallei nunca, así que o meu fillo non pode estar avariado, carallo!

Dona Inés dáballe palmadas nas costas mentres el tusía histérico.

- Pois entón, meu sogro, vostede dirá. Pero insisto en que debería ir ao médico.

Francisco fillo recuperou á fin o resollo.

- A min levántaseme como a calquera! Ou mellor aínda! Así que non me veñas con carralladas! Ai que foderse

38

coa señorita fina do carallo! E prohíboche que me volvas a falar deste asunto, Mecaghoastanaostia-enverso!

E ergueuse irado da mesa. Xa nunca máis se puido tocar o tema sen que, nada máis iniciado, chovese unha morea de improperios. A partires de entón, el incluso deixou de acudir ás citas de fertilidade da muller. Ferido no máis fondo da súa virilidade, deu rendas soltas á práctica do sexo coas mozas de pago que frecuentaba, tratando de espantar con cantidade a falla de calidade que, nos seus pensamentos máis íntimos, o atormentaba.

Rosa agardaba que nalgún momento futuro el reconsiderase a situación. Mentres tal cousa ocorría, e a falla de nada mellor que facer, deu en viaxar con certa frecuencia. Voou a Londres varias veces, coa esperanza de dar co seu irmán, do que nada sabía dende antes da morte do pai. Pouco a pouco foise sentindo a gusto na cidade e ampliando as súas estadías. Fixo algunhas amizades, gozou da escena londinense, visitou exposicións, acudiu a concertos. Non tiña demasiados problemas económicos, logo de acordar unha asignación pasábel a cambio de manter certa harmonía conxugal de cara ao público nas contadas ocasións que o requirían. Ao fin, acabou por alugar un pequeno estudo na zona de Paddington.

VI

Mamen acabou deixando ao xogador de baloncesto. Máis ben foi el quen a mandou a paseo, despois de aceptar a oferta dunha equipa madrileña de segundo nivel, onde nunca máis se soubo del. Para entón eu xa tiña deixado o apartamento compartido porque, economicamente desafogado, xa tiña para vivir só con certas comodidades. Pero, por desgraza, xa non tiña moitas escusas para frecuentar á Mamen e, cando ficou tirada, desfeita e rodeada de panos de papel xa andabamos de abondo distanciados como para que eu non soubera nada até algún tempo despois.

Así que non puiden aproveitar a oportunidade que sen dúbida me ofrecería o seu desconsolo. Teño imaxinado moitas veces a posíbel escena: ela chorando, impando, apoiando a cabeza no meu ombreiro. Eu acariñándolle o cabelo, pasándolle o dedo por unha bágoa que escorrega, erguéndolle o bico e bicándolle os beizos húmidos que saberían lixeiramente a sal. Ela, sorprendida ao principio. Despois entregada, confusa. E daquela decataríase de que o verdadeiro amor estaba tan preto...

Hmmm. Que mágoa! Se non fora polo traballo na deputación e a maldita independencia económica. E aínda por riba, fora ela quen me convencera aquel día fatídico.

Souben tamén que, a pesares de todo, rematara sen problema os estudos de imaxe e son, e que andaba a probar sorte nunha produtora na capital do estado se cadra, imaxinei, seguindo os pasos do xigantón. A Tareixiña entrara a currar na deputación como traballadora social do hospital provincial, e a través dela tiña as cada vez máis escasas novas de Mamen, pois falaban por teléfono con algunha frecuencia.

Non foi até moito despois que coñecín máis partes da súa traxectoria. Rematou por learse cun dos socios da produtora, antigo galán de certo éxito en series de televisión, varias veces divorciado, cargado de fillos e de pensións alimenticias, frecuentador dos mellores restaurantes, portador dun Rolex de ouro e desprazado no mercedes máis grande que houbera no mercado, aínda que a maior parte das veces non tivera un can, pero si moita cara dura. Mamen librou de engadir un punto máis á lista de casamentos do galán, xa maduro, porque non había sitio na cada vez máis precaria economía para unha pensión máis, pero tamén porque se cruzou no seu camiño unha moza de pelo roxo que aspiraba a ser actriz. Perdeu amores e traballo dunha tacada, e outra vez eu non estaba no lugar preciso no momento oportuno. Ou máis ben si. Estaba en Madrid, pero non tiña a mínima noticia de Mamen, nin o seu enderezo, nin o teléfono. O número de teléfono déramo a Tareixiña, pero pertencía á produtora e simplemente me dixeron que xa non traballaba alí.

Andaba pola capital acompañando a don Francisco no congreso estatal do seu partido. Meses antes, analizando as posibilidades de futuro que tiña por diante, inclinárase a tentar a participación na política grande, con maiúsculas, como gustaba dicir. Había eleccións xerais á vista e os seus cálculos pasaban por encabezar a candidatura ao Congreso, algo doado en canto controlaba o aparello provincial, pero que precisaba o visto e prace de Madrid, cousa algo máis difícil pois alí non o coñecía ninguén.

Comezou pois a frecuentar a capital do estado, e nela a aqueles cargos do partido que podía utilizar no seu favor para comezar a súa carreira da mellor maneira posíbel. Porque, por suposto, non abondaba con ser deputado. Se gañaban as eleccións, aspiraba a ocupar algún cargo importante, de secretario xeral como mínimo. De ministro era complicado, pero todo podía ser. O caso era xogar ben as cartas. E os cartos. Despois de todo, isto era o que tiña máis á man. Fixo algunhas amizades fronte aos mellores manteis, enviou mariscos variados, con abundancia de percebes, por paquetaría urxente e refrixerada e, cando xa había confianza suficiente, convidou ao pazo que rehabilitara preto da vila a todos aqueles que eran do seu interese.

Pero había algún atranco no camiño. O primeiro e máis importante, para el, era o seu marcado acento, con gheada incluída. Dáballe vergoña e, xunto coa conciencia de ser un vulgar presidente de deputación, acobardábao bastante. Sen embargo, a penas era consciente de que un atranco maior constituíao a desmesurada cantidade de tacos que sementaba en calquera conversa. Á vista de tales dificultades, a estratexia consistiu en tratar de atopar ocasións para discursear en público, con papeis, e traballar duramente para disimular no posíbel o acento, tarefas ambas que supuxeron para min un verdadeiro calvario. Para comezar, organizamos unhas xornadas de exaltación dos produtos gastronómicos da provincia, para cuxa inauguración convidamos a todo aquel que significaba algo na capital. E aquí tiven que facer verdadeiro encaixe de bolillos para pasar, na mesma parrafada, dos grelos e a empanada de xoubas aos temas de actualidade na política estatal, cos que quería demostrar a súa suposta valía. Non saíu mal a cousa. Evitamos no posíbel as palabras con gue, cousa ben difícil en castelán, e fixémolo falar a modo para diluír un chisco o acento. Tan airoso saíu do transo que medrou unha cuarta e axiña estragou todo posíbel efecto positivo do discurso:

- A ver, Pepe! Viño para tododiós, hostia! Non quero ver unha copa baleira!

Primeira dunha serie de frases que, expresadas a grandes voces por riba da multitude que saboreaba os manxares provinciais, debeu confirmar a moitos dos presentes que a vida de provincias aínda era moi semellante á representada nas novelas de Torrente Ballester.

Entre Gueimóndez, o responsábel de protocolo da deputación, e máis eu, tivemos que traballar arreo para ir mellorando a imaxe de don Francisco ante aqueles compañeiros de partido que, se ben agradecían as atencións que recibían do noso xefe, e se divertían moito con el, non estaban demasiado pola labor de promover a aquel individuo tan vulgar. Aínda así, non se sabe con que artimañas, conseguiu ser designado para presentar un dos relatorios do congreso estatal do partido, sobre poder local, que loxicamente tiven que preparar eu.

O xefe quería aproveitar a ocasión que se lle presentaba para dar un golpe de efecto e consolidar as súas posibilidades. Foi a primeira e única vez que ensaiamos un discurso, e fixémolo a base de ben. Pasamos tres días pechados, don Francisco, Gueimóndez, Mapi e máis eu, na habitación dun hotel escoitando unha e outra, e outra vez aquel discurso de vinte follas en corpo de letra de vinte e catro puntos, até que todos, agás o protagonista, o sabiamos de memoria. Chegou a ter tanta confianza en si mesmo e no brillante futuro que se lle abría por diante, que cando chegou o grande día estaba exultante.

Debía falar á tarde, contra as sete e media. Como adoita suceder, o congreso transcorría con moito retraso, e aínda aproveitamos para darlle outra volta ao discurso na cafetería do pazo de congresos, a pesar dos delegados alucinados que ollaban para nós.

A ningún dos que estabamos alí se nos vai esquecer aquel día en toda a vida. Preto das oito, cando calculabamos que non nos tocaría a quenda até cando menos as nove ou nove e pico e don Francisco ía no servizo, o responsábel de organización do congreso apareceu sen folgos no vestíbulo no que Gueimóndez e máis eu matabamos o tempo, pois ao non ter a condición de delegados non podiamos entrar na sala do plenario.

- Vostedes son os que veñen con de la Fuente, non?

- Si. Don Francisco virá axiña. Aínda non lle toca, ou?

- Precisamente. Imos con moito retraso e temos que suprimir a presentación do relatorio sobre poder local. Ímoslla entregar por escrito aos delegados antes da votación.

- Pero...

- Cando veña déanlle o recado. Deica outra.

Gueimóndez e máis eu sentimos de súpeto as negras nubes da treboada que ía caer sobre nós. Tamén era mala sorte que o xefe escollera precisamente aquel momento para ir mexar. Se o ghicho da organización llo tivera anunciado a el directamente, aforraríanos cando menos o golpe inicial. Pero tocábanos a nós darlle aquela terríbel noticia. Botámolo a cara ou cruz.

Para colmo de males, os servizos estaban ao fondo dun longo corredor. Vimos ao xefe vir cara a nós lentamente. O tempo non daba pasado. Semellaba que estaba a quilómetros, e que andaba a cámara lenta. Aínda se detivo a saudar a alguén, momento no que descubrín que unha suor fría me esvaraba pola fronte. Gueimóndez estaba un paso atrás, favorecido pola sorte. Aínda tiven tempo de escoitar como me dicía, ti tranquilo, antes de que don Francisco chegase á miña altura e detectara que algo non ía ben.

- Que pasa, Loureiro?

- O de organización acaba de estar aquí. Dixo... dixo que...

- Que é o que dixo, pasmón? Trabouseche a línghua ou que?

- Que non vai haber discurso. Non hai tempo.

A cara íaselle inchando e poñendo vermella, trazada polos regos violáceos das veas. Tardou catro ou cinco segundos en estalar.

- Mecaghonanaiqueospariu! Mecaghoentodo! Fillos de puta! E vós, non lle dixestes nada, cabróns?

- Xefe, nós...

- Mala chispa vos mate! A culpa é miña por confiar en dous parvos coma vós! Pero non lle dixestes nada, hostia?

- E que lle íamos dicir?

- O que fora, caghonaputa! Ai que foderse!

Gueimóndez xa estaba varios pasos por detrás de min, como se a cousa non fora con el. Pero non librou.

- E ti non es o xefe de protocolo? Que clase de protocolo é este, merdán? Vai axiña buscar a ese papón e pono no seu sitio.

Gueimóndez deu media volta e comezou a andar, decidido. Pero antes de que puidera afastarse un pouco do escenario da traxedia, o xefe pensouno mellor.

- Para aí! Vou eu mesmo. Vaime oír ese *sinverghuenza*!

Supoño que o oiría, pero non se arranxou nada. O xefe volveu de alí a un pouco máis irado aínda.

- Gueimóndez, localízame inmediatamente ao chofer, que nos imos.

Nin sequera pasamos polo hotel para recoller a Mapi. Collemos camiño no coche oficial, pero desta tocoume a min distanciarme no posíbel, sentando no asento do copiloto. Foron cinco horas antolóxicas, nas que se reafirmou a intención de don Francisco de non mergullarse nunca máis nas frías augas da política estatal. A metade de traxecto, incluso, xa se autoconvencera para abandonar o partido e, se cadraba, incluso a política, tan doído estaba. Pero foi ver un dos enormes cartaces de benvida que a deputación instalara en todos os límites da provincia e recobrar certa cordura. Xa non abandonaría a política. Tampouco o partido. Pero, a partires de entón, tería moito máis coidado con aqueles políticos da capital. E, co tempo, xa llelo faría pagar.

- Como me chamo Francisco que han soñar comigo. Fillos de...

VII

Volvemos, pois, ao pequeno ámbito da política provincial. Ás viaxes case diarias aos diversos concellos para inaugurar todo tipo de obras, supervisar plans e proxectos e ter de man alcaldes, que facían presumir ao xefe de coñecer a provincia mellor que ninguén. A rutina era sempre máis ou menos a mesma. Chegaba a media mañá ao pazo provincial, despachaba catro asuntos, recibía visitantes até as tres e pico e logo pillaba o coche oficial, comía polo camiño e pasaba a tarde por aí. Chegaba entre once e doce, ceaba e logo andaba de copas até as tantas. Os venres, pleno da deputación. Os sábados e domingos, festas, feiras e eventos de todo tipo, sobre todo gastronómicos. Quilómetros e quilómetros de coche oficial. Papadolas. Viños. Copas. Negocios. Política.

Agás que o xefe dispuxese outra cousa, organizamos quendas entre Gueimóndez, Piñeiro –outro dos asesores- e eu para acompañalo nas xeiras pola provincia, de maneira que pringábamos unha semana e descansabamos, teoricamente, dúas. Así, fun dispoñendo de tempo libre polas tardes e tratei de dedicarme a outros intereses fóra do traballo.

En principio, tratei de pór en práctica a miña condición de escritor. Despois, iso si, de actualizar unha morea de lectura que tiña pendente. Cando á fin me enfrontei á tarefa de pór negro sobre branco, nun flamante portátil acabado de mercar para darme máis aquel de escritor, unha historia que constituíra a miña primeira novela, a cousa resultou moito máis difícil do que parecía. Á fin, me dixen que quizais me faltasen experiencias con xente normal, contacto con persoas, escoitar historias. Por iso me apuntei ao primeiro que xurdiu: un coro.

Non me cabe a máis mínima dúbida de que foi unha decisión pouco meditada. Dende logo que me relacionaría con xente. Iso si. Unhas cincuenta persoas, máis ou menos, bastantes máis mulleres ca homes, e de todas as idades. Pero xamais reparara na miña total falla de voz, por non dicir na ausencia absoluta de ouvido musical. Aceptáronme igual, coa condición de que non cantara alto, ou máis ben de que non cantara, senón que simplemente movera os beizos. Facía vulto, xa que non había de paliar a escaseza de voces masculinas.

- *Nunha lancha de Maríiin coa proa de carbaallooo....*
- Iago, por favor, estás cantando!
- Pero, tanto se nota?

Porque ás veces entusiasmábame, e coidaba que no medio de aquel conxunto vogal tan garrido non se había notar. Pero si. Si que se notaba. E, loxicamente, axiña me facían calar. Pero era simpático, un cantor que non cantaba. Ademais, facíalles as fotocopias gratis na deputación, rematei conseguindo un bo local de ensaio e, o máis importante, xestionaba actuacións por toda a provincia, ao coñecer persoalmente a todos os alcaldes.

Chus era unha das sopranos. Unha muller cinco anos maior ca min, morena e atractiva, non moi alta. Polo que sabiamos, traballaba nos xulgados da cidade. Tiña certa dificultade para pronunciar no idioma do país porque, dicía, vivira toda a vida fóra, até dous anos antes. Daba a impresión de ter un carácter forte e decidido. Vestía sempre roupa seria e non usaba alfaias, máis alá dun sinxelo reloxo barato. Fixeime porque crin que quizais podería chegar a algo, e primeiro busquei unha alianza, por se acaso. Non tiña.

- Chus, podo convidarte a unha copa despois do ensaio?

- Non síntoo.

Que se lle ía facer. Era un intento máis. Tería que probar cunha contralto miúda e simpática, aínda que non era do meu tipo.

- Pero se queres quedamos mañá para cear.

- Maña? Si, claro. Paso a te buscar, quedamos nalgures...?

- Ás oito no Central?

- Vale.

Mira ti, despois de todo, resulta que non era por rexeitarme. Despois do ensaio non podía, pero si ao día seguinte. E para cear. Comenteino con Tareixiña, para ver se me podía contar algo do meu posíbel ligue. Era incríbel o que sabía de case todo o mundo e, ademais, polo traballo tiña frecuentes relacións cos xulgados.

- Chus? Unha rapaza noviña, de pelo curto que traballa no número dous?

- Non, non ten o pelo curto. Ten unha boa melena e xa non é tan nova. Debe andar polos trinta e algún.

- Pois non sei. Non tes algún dato máis?

- Non. Leva dous anos na cidade.

- Nin idea. En fin, pórtate ben, neno, a ver se chegas a algo.

- E a onde a levo?

- A onde queiras, pero non repares en gastos. Un sitio caro.

Pois ao máis caro, que puñeta! Para ser a primeira vez, tiña que causar boa impresión. Recollina no Café Central ás oito.

- Teño mesa reservada no Cancelas –presumín, xa de entrada-.

- Ah, está ben. Gústame ese restaurante.

Gústalle? Ademais, díxoo con moita suficiencia. Parecía estar afeita a esa clase de sitios. Así que máis me valería ir menos sobrado. Chus vestía igual de seria que sempre. Un pouco máis de maquillaxe, se acaso, uns pendentes discretos e tacóns unha miga máis altos que de costume. Comezamos tentando.

- Entón, a que te dedicas?
- Son escritor...
- Ah! Non me digas. Que escribes? Novela?

Xa empezabamos. Gustábame presumir de escritor. En realidade ese era o meu traballo. Non escribía discursos? Pero agora mesmo o de "escritor" soaba ben pretensioso.

- En realidade, de momento non teño nada publicado. Traballo de asesor do presidente da deputación, e escríbolle os discursos.
- Iso soa moi americano, non? Non sabía que aquí tamén houbera *speechwriter*.
- O que?
- *Speechwriter*, chaman así aos que escriben os discursos nos Estados Unidos.

E eu non tiña a máis remota idea. Unha proba do desconectado que andaba. E ademais, en a penas dúas frases xa ficaba nunha posición ben comprometida. Nin era escritor nin coñecía o meu oficio. Patético. Tratei de cambiar o foco de atención.

- E ti que fas. Traballas nun xulgado, non?
- Si. Pódese dicir que si. Son xuíza.
- Hostia!

A pesar de todo, a cousa resultou. Sexo na primeira cita, sen andrómenas. Na miña casa. A platónica paixón por Mamen comezou a ficar atrás aquela noite. Despois todo funcionou daquela maneira: directos ao gran.

Ao día seguinte acudín ao hospital provincial, para ver a Tareixiña.

- Pero como non coñeces a Chus, se resulta que é xuíza!

- Xuíza? Chus? Anda, claro! María Xesús Cordeiro. Pero, andas coa xuíz Cordeiro? Ti estás ben da cabeza?

A xuíza tiña sona de dura e rigorosa, e con razón. Conducía os actos xudiciais con man firme e non toleraba a máis mínima desviación da ortodoxia legal. Até arrepiaba aos gardas civís que acudían ao xulgado conducindo delincuentes. E na vida privada, axiña o souben, era exactamente igual. Controladora, decidida, botada para adiante. Deseguida estableceu as condicións da relación: nada de mixericadas. Nada de complicacións. Buscaba compañía, divertimento e sexo. A min, daquela, chegábame con iso e dinme por satisfeito. Non quería ataduras afectivas porque o primeiro era a carreira. Teimaba en chegar o máis alto posíbel, e matrimonio máis fillos eran atrancos insuperábeis, ao parecer. Así que, como se di dos mariñeiros, un amor en cada destino, se cadra, e nada máis.

- Entón, cando te trasladen, acabouse?
- Claro. Cada un pola súa banda.

Non teño que dicir. Eu aceptei as condicións. Dábame certa seguridade e non me ataba a nada.

Ao xefe, que para algo era a máxima autoridade provincial, non se lle escapaba nada.

- Carallo, amigho. Unha xuíza. Apuntas alto ti!

O novo estatus tróuxome tamén un certo respiro. Don Francisco deixou de chamar a horas intempestivas, imaxino que por medo a pillarme con Chus. Debeulle parecer moi embarazosa a posibilidade de molestar á xuíza Cordeiro, e nunca se sabe, ao mellor algún día precisaba un favor.

Chus amosou moito interese pola miña actividade profesional. Quixo saber exactamente en que consistía o traballo.

- Fago discursos, todo tipo de textos, procuro información, axudo aos de protocolo na organización de actos... en fin, o que se precise. Hoxe mesmo elaborei o saúdo do presidente para un programa de festas.

51

- E nada máis?

- Non, nada máis. Por que?

- Por nada. Ese De la Fuente non me parece trigo limpo. Ti nunca te metas en cousas raras, por se acaso.

En cousas raras. Pois si que había cousas raras, pero iso caía fora do meu ámbito. Era coñecido por todo o mundo que as oposicións á deputación non eran limpas, que se entraba por enchufe. Tamén que as obras ían parar sempre ás mesmas empresas construtoras. O xefe sen dúbida aproveitaba o posto para favorecer os negocios familiares. Pero aquilo sempre funcionara así, e seguiría a funcionar igual cando don Francisco non fora máis ca unha afastada lembranza. Polo que a min respectaba, aquelas prácticas eran totalmente alleas ao meu traballo. Ante a actitude inquisitiva de Chus acabei por non querer falar do tema. Despois de todo, ela tamén deixaba os seus problemas no xulgado, e escudábase no segredo xudicial para non dicir nin pío.

Por sorte, era unha apaixonada da literatura latinoamericana, e por aí tivemos temas de conversa e discusión por moito tempo. Benedetti, Vargas Llosa, García Márquez, Borges... Unha delicia. Entón abandonaba aqueles aires de ama de chaves vitoriana e eramos dous iguais cunha paixón común. Pouco a pouco fun tamén introducíndoa na nosa literatura. Tiña certos reparos iniciais. Chus era de aquí, pero transplantada de nena a Madrid. Só volvera para tomar posesión da praza, dous anos antes, e tivera pouco contacto coa realidade, máis alá da visión forense do seu traballo. Fixemos progresos tamén coa lingua, que eu falaba de cote, por suposto, e ela comezou a acadar algunha soltura ben axiña, se ben xamais abandonou a fonética castelá.

VIII

Fracasado o asalto á política estatal, Panchito De la Fuente non ficou, faltaría máis, sen ambicións. Quedáballe a autonómica. Aquí era alguén, en canto presidente dunha das deputacións, e non tiña que agachar a súa orixe nin o seu acento. Non tiña que esforzarse falando unha lingua que non dominaba. Tiña que ser presidente da Xunta nalgún momento do futuro, mellor entre os próximos dez ou quince anos. Para empezar, debía tecer unha rede de fidelidades a toda proba, facendo amigos e, se era posíbel, ligándoos por lazos de vasalaxe clientelar. Todo o mundo lle tiña que deber algo, calquera tipo de favor, para poder cobralo no momento oportuno.

A base do seu poder estaba clara. Por unha banda, a capacidade para colocar xente en empregos na deputación, na maioría dos concellos da provincia, en empresas amigas, nas propias empresas familiares. Por outra banda, o diñeiro, dono de vontades. Aínda que don Pancho pai seguía a controlar con man de ferro os negocios e os beneficios, a carreira política do seu fillo era o seu primeiro obxectivo na vida, e non escatimaba os medios precisos para chegar ao máis alto. Tamén estaba doído polo fracaso de Madrid.

- Oíches? Iso que non cho volvan facer. Non o permitas nunca! Que ninguén te volva a asoballar! E a

Madrid hai que volver, pero de señorito. Cando teñan que respectarte. Escoitaches ben?

- Si, papá.

- Pois aplícate o conto.

E a cousa empezou como tiña que empezar. Cunha ollada cobizosa cara o goberno autonómico, cunha puñada na mesa e cunha esixencia.

- Eu quero entrar no goberno!

Porque aquí non tiña que andar con delicadezas. Controlaba a deputación e con esta unha porcentaxe importante de alcaldes na provincia. E cos alcaldes, dominaba cadeas de favores e regalías –empregos, vistas gordas en cuestións urbanísticas, concesións de obras- que tiñan unha final tradución no que realmente interesaba, o control político a través do voto condicionado, do sufraxio como pagador de rendas. O voto vendido e prostituído a través de sutís ou non tan sutís mecanismos que ían dende o agradecemento á coerción, mais sempre co trasfondo do medo a non cumprir co que se agardaba. As cousas funcionaban así, e fóra do sistema ía moito frío.

Comezamos entón a saír ás provincias limítrofes na procura de amizades con pastas repletas de clientes en estruturas de todo semellantes á nosa. Foi para min unha confirmación do que pensaba. No fondo, todo funciona igual en todas partes. As diferenzas eran máis ben de formas, ás veces nin iso, pero nunca de fondo. Os outros presidentes provinciais pasaban da inicial suspicacia cara a aquel compañeiro que se súpeto xurdía querendo converterse no galo máis gallardo do curral, á pura e simple negociación estratéxica.

- E que saco eu en todo isto?

Porque para unha operación como a que montaba don Francisco precisaba aliados, e estes non estaban dispostos a empeñar o seu capital político, as súas tan traballadas maquinarias produtoras de voto, sen máis nin máis. É como se foran cartos. Vas ao banco e tratas de sacar a maior rendibilidade posíbel pero, se es prudente, tratando de non arriscar o máis mínimo do capital inicial. Na bolsa podes gañar moito diñeiro, pero ao custe de igual perder até a camisa. O que buscaban todos eran fondos de investimento ben garantidos.

Ademais, tratábase dunha estratexia totalmente novidosa. Fronte á tradicional, de deixar que fora a estrutura estatal do partido a que situara os peóns da forma máis conveniente aos intereses da política xeral, incluso a nivel autonómico, o que estaba a pór sobre a mesa De la Fuente era unha pequena revolución que de saír ben sen dúbida multiplicaría as posibilidades dos pequenos líderes provinciais. Mais, de fracasar, podería resultar desagradabelmente sanguenta.

Mentres non tivesen que comprometerse a nada, trataron de xogar con todas as cartas da baralla. Comezaron a convidarnos a todo tipo de actos e celebracións, con posibilidade de botar parrafadas a públicos máis ou menos cativos. Entón tiven que comezar a utilizar nos discursos claves autonómicas, pero dun xeito máis sutil ca nunca. Había que deixar fluír un ruxe-ruxe de aspiracións, pero sen expresar claramente nada que puidese ser interpretado como sinal de perigo pola organización estatal. As cuchipandas posteriores eran o marco de tensas e delicadas negociacións. Nunha feira do grelo, ou do lacón con grelos, e incluso pode que non fora dunha cousa nin da outra, aínda que teño a certeza que xantamos lacón con grelos, o presidente anfitrión, vello raposo, enxeñeiro agrícola curtido nos tranquilos mares das cámaras agrarias, o cooperativismo e a caixa rural provincial, tentaba o terreo.

- Pero imos ver, Paco, a min non me queda claro a onde queres chegar. E sobre todo, que me importa a min a onde vas!

- Merda, Pepe! Con actitudes como esa si que non cheghamos a nada, machiño! Eu só digo que sen nós o partido aquí non é nada. Unha bosta! Ou aínda menos que iso! Quen ten os votos aquí, mecaghiná? O que pasa é que até aghora non houbo collóns!

- Para que?

- Para que vai ser? Para demostrar quen manda aquí, hostia!

- Mira, Paco, eu vouche ser sincero. Custoume trinta anos chegar até aquí, non coma ti, que case foi chegar e encher. E no camiño tiven que tragar moitos sapos, e comungar con rodas de muíño máis dunha vez. Por tanto, arrisco moito máis que calquera. E se vou pór enriba da mesa todo iso, tesme que dicir que saco en limpo. As contas claras, e o chocolate espeso.

As sobremesas de café con gotas, copa e puro foron basicamente iguais ao longo de varios meses. A ninguén se lle escapaba que por baixo do mantel se tramaban xogadas importantes, e menos aínda á prensa. En canto ao noso xornal cidadán, non había problema. Era unha cabeceira máis que vella, prehistórica, nas mans da mesma familia, os Sánchez-Varela durante xeracións, e recibida a diario polas mesmas xeracións de lectores para os que a subscrición ao *Ideal* era tan parte da vida cotián como a misa dos domingos ou o café con leite do almorzo. Ao xornal todas as novidades chegaban con dez ou quince anos de retraso respecto de outras publicacións, ben foran as novas tecnoloxías de impresión e composición como a oferta de promocións ridículas que, sen embargo, obrigaban a tiraxes extraordinarias. E aínda así, o domingo que ofreceron, por só vinte pesos máis, unha figuriña da patroa da cidade de sete centímetros de alto chapada en prata, ás once da mañá non había maneira de conseguir o *Ideal* en ningures.

Pero, a pesares de todo, a empresa vivía horas baixas. O produto parecía non gustar á xente nova, e as antigas subscricións desaparecían case ao mesmo ritmo que se publicaban as necrolóxicas cheas de viúvas, fillos, netos, curmáns e demais familia, que rogaban se tivese presente ao defunto nas oracións dos lectores e os convidaban á condución do cadáver e funeral, actos que terían lugar ás CATRO E MEDIA DA TARDE, con maiúsculas, para que ninguén se despistase. Pero, desgrazadamente, ao pagar a inserción da necrolóxica cancelaban a subscrición do defunto, conducindo paseniñamente ás finanzas do xornal a unha situación delicada.

A deputación e os concellos afíns acudiron deseguida en axuda da publicación con publicidade institucional, subvencións, financiamento de especiais e coa concesión da impresión do diario oficial da provincia. Favor por favor, ao rotativo conservador non lle custou traballo pórse ao servizo da causa, se é que había algunha no xogo de intereses da política provincial. Don Francisco decidiu que non lle viría mal unha columna semanal de opinión que, por suposto, escribiría eu. Pero teño que declarar con toda a solemnidade que require o caso que non fun responsábel do título escollido inicialmente, *A última da semana*. En principio, nada do outro mundo. O da última era porque lle outorgaron un lugar preferente, na contraportada e a carón do santoral, as efemérides do día e a axenda cultural da cidade. O da semana, obviamente, porque o pactado era que o presidente fixese un repaso da actualidade política semanal. Para darlle máis aquel, xunto ao título figuraba unha foto do xefe. E aquí radicaba o *quid* da cuestión. Entre a deficiente impresión do *Ideal* e a escolla dunha fotografía que non era máis ca un recorte da cabeza sacada de quen sabe que contexto, nunha postura totalmente espontánea, daba a sensación de que o columnista estaba bébedo. Para entón era un segredo a voces a axitada vida extraoficial de don Francisco, e a retranca dos lectores non tardou en rebautizar a columna como *A última trompa da semana*.

Ninguén se deu conta até pasados varios meses, nos que a rexouba se estendeu pola cidade, e aínda pola provincia, sen que no pazo provincial os que formabamos parte do contorno máis inmediato caésemos da burra. Foi un cartaz do sindicato minoritario na xunta de persoal, inimigo declarado de don Francisco, que contiña explícito o xogo de palabras xunto cunha ampliación da maldita fotografía e unha etiqueta de Chivas Regal a que chamou a atención nada menos que do protagonista. Os alaridos que seguiron sacudiron os cimentos da centenaria construción que albergaba a entidade provincial. Convocou de urxencia ao presidente do consello da empresa editora do *Ideal*, o maior dos curmáns Sánchez-Varela, e esixiulle o cese inmediato do director cuspindo escuma pola boca e coas tempas a piques de rebentar pola presión, mentres sostiña un exemplar todo enrugado do domingo anterior, co que daba histéricos golpes sobre o escritorio, e ameazaba con retirar toda clase de axudas económicas ao xornal.

Naturalmente, a cousa custoulle o posto ao director e suspendeuse temporalmente a colaboración semanal para evitar recoñecer a metedura de pata cambiándolle o título e a fotografía, o que sen dúbida produciría máis rexouba aínda. Sen embargo, o xefe conseguiu en troques un control absoluto sobre o xornal. Os propietarios non querían máis sustos e impuxeron á redacción a consulta previa ao pazo provincial sobre todos aqueles temas que puideran ferir susceptibilidades, que á fin eran case todos.

IX

Eu non acudira a traballar o día de autos. E nunca mellor dito. Porque a culpa tívoa Chus. Pero, dende logo, xamais lle contei a ninguén o que pasou aquela noite. Dáme vergoña. E ademais non sabería por onde comezar. Cando o xefe lle berraba a Cesáreo Sánchez-Varela eu vivía a situación máis ridícula da miña vida. Visto polo lado positivo, librei dunha boa. Pero fórame mellor ter soportado ao tirano encolerizado. Despois de todo, xa estaba afeito.

Durante meses, Chus e máis eu experimentamos todo o sexo imaxinábel ou, cando menos, todo o que eu podía imaxinar. Na cama, na mesa da cociña, no coche, nos servizos dun restaurante, en todas as posturas, con todas as intensidades, por teléfono, por correo electrónico. Foi un auténtico master e era ela a que levaba a iniciativa. Unha mañá chamoume á deputación. Quería que fora inmediatamente ao xulgado, se podía. Acudín e, sen máis, tivemos sexo no seu despacho, rápido e fugaz. Nin sequera sacou a toga.

- Agora vaite. Teño que volver á sala.

- Como?

- Estou nunha vista. Fixen un receso. Pasa a buscarme ás oito. Ciao.

Eu tiña dous sentimentos mesturados. Por unha banda, comezaba a parecerme un xogo perigoso. A un

59

tempo, os días que nos citabamos, agardaba ansioso para ver que novidade me traería a ocasión. Non teño nin que dicir que pesaba máis isto último. Percorríame un formigueo espectante e moi agradábel cada vez que ía ver a Chus, na seguridade de que posibelmente probaría algo novo e excitante.

Era martes. Eu estaba a escribir o prólogo dun libro que ía editar o servizo de publicacións. Era nada máis e nada menos que a biografía dun semental de orixe galés adquirido pola granxa provincial experimental, e que finara o ano anterior deixando unha fecunda herdanza empreñando milleiros de vacas do país. O *Tom Jones*, que tal nome lle deran nun alarde de orixinalidade, marcara toda unha época para o sector ovino provincial, e merecía unha edición de luxo con papel satinado, tapa dura e a toda cor. O mesmo presidente asinaría o prólogo, destacando a importancia do campión para a nosa gandería, e o compromiso da deputación demostrada mediante o investimento millonario realizado no seu día na adquisición. Quen me pode negar, despois de probas como estas, que levo un escritor dentro. Xa me gustaría ver a, por exemplo, José Saramago, cantando as excelencias de *Tom Jones* sen caer no desespero e apertado polos de publicacións, que querían comezar o antes posíbel o proceso de produción daquel *best-seller* tan importante.

Nesas andaba cando me entregaron un pequeno sobre azul que poñía, simplemente, S. Loureiro.

- Quen trouxo isto?

O bedel engurrou os ombreiros, deu media volta e saíu arrastrando paseniño o tedio funcionarial que xa formaba parte do seu repertorio vital. Xa ultrapasara a porta cando soltou, como quen non quere a cousa, unha tardía resposta.

- Deixárono abaixo, nas oficinas xerais.

- Pero non sabe quen?

Xa estaba lonxe de máis. E con abrilo xa chegaba para saber de quen viña. Pillei o abrecartas de prata co escudo provincial que herdara xunto co pequeno despacho e abrín coidadosamente o sobre. Contiña un pequeno cartón tamén azul cun texto breve, e un anteface negro sen abertura para os ollos. *Ás doce na túa cama. Leva só o anteface e non fagas preguntas. Deixa a chave posta pola parte de fora.*

Era evidente quen remitía aquilo. Agardábame algunha escena excitante aquela noite. Xenial!

Xa non puiden concentrarme en *Tom Jones* e a súa xenética excepcional. Chamei aos de publicacións e púxenlles unha desculpa calquera para atrasar un día máis a entrega do traballo. Xabi, o coordinador, estaba histérico.

- Iago, non me amoles. Isto ten que estar listo antes da exposición gandeira ou don Francisco nos colga a todos cabeza abaixo.

- É que o xefe non está, e téñollo que ensinar antes de pasárvolo, por se as moscas.

- Pero xa o remataches?

- Non, non aínda –non quixen mentir- pero non me falla case nada. Agora mesmo estou traballando un pouco máis a redacción.

- Pero ti que escribes, o prólogo para a biografía dun boi ou o premio nacional de literatura?

Xabi non se decataba que a primeira parecía unha labor ben máis difícil, sobre todo cando non podes apartar o pensamento dunha tarxeta azul. *Leva só o anteface...* Chus, ademais, sabía xogar comigo. Faltaban máis de doce horas para aquela cita misteriosa. Todo un día por diante para pórme cachondo pensando que me agardaba aquela noite. Agachei o sobre nunha gabeta da mesa e pechei con chave cando saín tomar o café das once. Os empregados da deputación acudiamos en vagas sucesivas a partir das nove e media e até as doce e media a un café situado xusto á fronte do pazo provincial. Os do contorno do xefe eramos os menos predicíbeis, porque se non tiña o día, o que ocorría a miúdo, temíamos ser chamados xusto durante a ausencia cafeteira, o que garantiría unha reña segura ao regreso. Por iso aproveitabamos cando non estaba ou cando tiña moita xente para recibir. Se non, pediamos os cafés por teléfono.

Aquela mañá había máis xente que de costume na pequena cafetaría, pois varias quendas foran demorando a saída rutineira porque o presidente acudira a primeira hora buscar uns papeis antes de saír zumbando para un hotel da cidade onde ía manter unha reunión política. Por tanto, a mestura de conversas cruzadas subira o ton das voces moito máis ca de costume, e alí todos berraban como se lles fora a vida en facerse entender no medio do balbordo. Alguén trataba de explicarme non sei que cousa sobre o complemento de destino e o índice de prezos ao consumo, e eu asentía periodicamente mentres tomaba o café. Volta asentía, volta botaba un grolo mentres o meu correspondente se desfacía en explicacións e deixaba arrefriar unha menta poleo. A min non se me ía da cabeza o anteface, a chave por fora da porta, as once...

Díxenme a min mesmo que me ía dar algo se non era capaz de apartar o maxín daquela obsesión. E non eran aínda as doce da mañá. O tempo non daba pasado. Tratei de volver a *Tom Jones* e repasei as probas de impresión do corpo do libro para centrarme un pouco no asunto. O monstro de cor marrón castaña procedía do condado de Gwynedd e posuía unha xenealoxía que xa quixera para si a raíña de Inglaterra. Era da raza Red Poll, e chegara a pesar mil cento dez quilos. Como un coche. Pero, que demo estaría a matinar Chus? Ela seguro que non estaba tan nerviosa coma min. Primeiro, porque era a guionista do que ía suceder. E despois, polo seu carácter decidido. Pero tiña que volver a aquel prólogo infernal. *A mellora xenética da nosa cabana é unha prioridade para o servizo de desenvolvemento rural, materializada a través da aposta decidida da granxa provincial pola incorporación dos mellores exemplares que...* Saquei o anteface da gabeta e boteime atrás na cadeira mentres ollaba para el. Parecía mentira que aquela cousa simple e vulgar me tivera naquel estado de excitación. Dende logo que Chus era unha mestra na arte da intriga.

E por que non a chamaba? Si. Ao mellor descubría algo máis. Ou, se cadra, se enfadaba comigo e me mandaba fritir espárragos. Non era a primeira vez. Erguinme próximo á histeria e fun dar un paseo polos corredores do pazo provincial. Repetíame a min mesmo que debía centrarme en *Tom Jones*, que non lles podía facer aquela trasnada aos de publicacións. Claro que o presidente debía dar o visto e prace ao prólogo, pero con deixarllo a Mapi por se o xefe chegaba tarde e eu xa tiña saído, estaba listo.

- Mapi, bonita. Sabes algo de sementais?
- Xa estás, Loureiro? Sodes todos uns porcos.
- Non, non me entendes. Refírome aos de verdade, os das vacas.
- Loureiriño, se non tes que facer, invéntalo. Os demais témosche moito traballo, sabes?
- Precisamente, Mapi. Precisamente.

Busquei no directorio o número da granxa experimental provincial e preguntei polo capataz.

- Bo día. Son Santiago Loureiro, asesor do señor presidente. Estou a traballar no prólogo para o libro de *Tom Jones* e quería facer algo orixinal. Don Francisco está moi interesado no tema. O caso é que non teño moita idea de como abordar o tema.
- E a min que me conta, don Santiago?
- Non sei. Se cadra podería contarme algunha anécdota. Non sei.
- Unha anécdota de que?
- Sobre o becho... Calquera cousa... Algo interesante, xa me entende. Como era un día na súa vida, por exemplo.
- Don Santiago, está vostede a rirse de min?

Non souben que responder. Aquel home estaría flipando. Imaxinei que, logo de colgar o aparello, iría cabo dos traballadores da granxa contarlles o sucedido.

- Acaba de chamar un ghicho da deputación para que lle contara un día na vida do *Tom Jones*. Haiche xente para todo!

Aquel non era o día. O touro tería que agardar polo menos até o día seguinte, pois dinme á fin por vencido. Comecei un solitario no ordenador, mentres o tempo ía pasando, aínda que a min non mo parecera. Pasaban vinte minutos da unha.

Contra as dúas volvín cabo de Mapi para ver se o xefe volvera xa, ou se había previsión de que non chegara até tarde. Aquela semana tocábame librar do tour provincial e ao mellor podía marchar antes das tres. Xa non aturaba máis.

- Sabes se o xefe vai vir pola mañá?

- Creo que non, Loureiro. Chamou hai dez minutos para anular o xantar co presidente da cámara de comercio. Creo que a reunión está durando máis do previsto. Vaste escaquear?

- Creo que si. Non me atopo ben.

- Pois até mañá. E non soñes con sementais.

Un final típico para Mapi. Pero desta tiña razón. Había dúas cousas que non podía sacar da cabeza, e unha delas era o galés prodixioso. Fun camiñando ao hospital provincial para facer tempo, uns vinte minutos de paseo lento. Tareixiña sorprendeuse ao verme entrar pola porta.

- Iago! Que milagre?

- Veño a te convidar a xantar, se queres.

- Se agardas cinco minutos a que remate este informe, está feito.

- Veña!

Monopolizou a conversa dende que sentamos até rematar un par de racións de picar para facer tempo. Entre outras moitas cousas, porque non sei se teño descrito o vertixinoso latricar de Tareixa, deume novas de Mamen. Seica estaba pensando volver á cidade. Faloume do novo traumatólogo que chegara había pouco, un tío cachas, un guaperas que pagaba ben a pena. Cando rematou de pórme ao día, foi ao gran.

- Entón, Iaguiño, que foi?

- E logo?

- Ti non te lembras de min se non queres algo. Cortaches coa xuíza Cordeiro?

- Non. E non quero nada. Non podo convidarte a xantar, sen máis?

- Poder podes, pero non me cadra. Ademais estás nervioso.

Eu non me decatara, pero estaba a redobrar co coitelo na mesa, o que era unha proba evidente dos nervios que me comían. Parei para volver empezar ao pouco, sen darme conta tampouco esta vez.

- En que me notas que estou nervioso?

- Iago, coñézote como se te parira. Que pasou?

- Tareixa, por favor. Para xa. Non pasa nada.

- Pois se non mo queres contar, alá ti. Non sei para que viñemos.

Xantar. Foramos xantar. Un bisté á salsa de cabrales que ficou case enteiro no prato, para min, e bacallau á galega para ela. Non había maneira de agacharlle ren a aquel radar humano que era a Tareixiña. Entroume de novo.

- E que che parece o de Mamen?

- Paréceme ben. Non se atopará a gusto na capital.

- E nada máis?

- Que máis queres que che diga. Iso é auga pasada.

- Xa. Auga pasada non move muíño, non?

Aínda que a Tareixa lle podería dicir sen rodeos: "estou histérico porque esta noite teño sexo sorpresa", seguro que soltaba unha gargallada. Así que, mellor non toquei o tema.

- Tes algo que facer esta tarde?

Non tiña absolutamente nada que facer, máis alá de volverme tolo de vez.

- Non, por que?

65

- Porque vas vir comigo de compras. E se queres, cóntasme que che pasa. E se non queres, pois non mo contas.

E así foi pasando o tempo, renovando o armario da Tareixiña coas cousas máis extravagantes que fomos atopando. Empeñouse en que mercara unha cazadora de corte moderno e xuvenil, ben distinta aos serios traxes que por entón eran case o uniforme obrigado no meu traballo. Pero ás nove deixoume por imposíbel.

- Como vexo que non vas soltar prenda, paso de ti, macho. Chámame cando queiras. Xa te avisarei cando teña novas de Mamen.

- Xa che dixen que iso ficou atrás.

- Si, claro. Dáme un bico, anda!

Marchei para a casa e fixen tempo metendo unha colada na lavadora, pasando a aspiradora e colocando a habitación. Sobre as dez e media saquei a chave da entrada do chaveiro e funa colocar na parte exterior da pechadura. Ducheime e deiteime nu. Pillei o anteface que deixara na mesa de noite e coloqueino. Non vía nada.

Levaba un anaco deitado e excitado a tope cando, puntual, a chave deu volta na pechadura. Sentín pasos que viñan cara o dormitorio. Non dixen nada. Algo pousou preto da cama, e sentiuse o son dunha cremalleira. Despois un ruído metálico. Roupa deslizándose por un corpo. Chus estaba a espirse, calculei, pero aínda sentín os tacóns sobre a madeira do chan, indo e vindo. Outra volta o son metálico. A súa man agárrame o brazo dereito e sinto un obxecto frío que rodea o meu pulso, despois ruído seco, *clak*. Tírame do brazo cara arriba e sinto o mesmo ruído outra vez. *Clak*. Decátome de que vai a cousa. Son grillóns. Estou amarrado con grillóns ao cabeceiro da cama. Agora o outro brazo. *Clak, clak*. Hostia!

Algo suave foi recorrendo o meu corpo nu. Despois sentín como unha descarga eléctrica nas coxas. E outra máis. Eran lategazos! E doían!

- Chus!

- Ssss.

Eu xa estaba ao límite. Unha cousa fría traboume unha mamila. Que dor! Aquilo era o que parecía! Xamais pensara vivir a experiencia, pero aquela mestura de dor e pracer estábame a volver tolo.

- Chus. Por favor!

Non atendía aos meus rogos. Puxérame ao límite.

- Chus. Non aguanto máis!

Sentín como se abría a gabeta da mesa de noite e rebuscaba dentro. Entón sucedeu algo que non agardaba.

- Iago, non me digas que non tes condóns!

Quedei paralizado. Lembrei que os acabara a última vez, e esquecera mercar máis. Os condóns eran problema meu.

- Hostia, tío! Es un irresponsábel. Tiveches todo o día para pasar pola farmacia! –Agora tirou polo anteface irada e puiden ver como ía vestida-

- Chus, perdoa. Eu... –Levaba un corpiño negro axustado a tope con partes transparentes que marcaban un escote con forma de v pronunciada, e sobre el unha cadea longa cunha chave, sen dúbida a dos grillóns, medias negras con debuxos barrocos e a parte de arriba dunhas botas de coiro negro-

- Non te movas. Vou ver se está de garda a farmacia da esquina. –Ao dar a volta puiden ver as botas altas cun tacón de vertixe, e a parte de atrás do corpiño, totalmente transparente. Xamais vira unha imaxe tan erótica como aquela-

Vestiu unicamente un abrigo longo e saíu decidida da habitación. Sentín como se pechaba a porta da entrada e entón asaltoume unha inquietude terríbel. A chave?

Ollei instintivamente para a mesa de noite e alí estaba, solitaria. Merda! E, a carón, o bolso de Chus. O mundo veuse abaixo en cuestión de segundos. Con que pensaba mercar os condóns? E como narices ía volver, sen chave? E eu, amarrado, sen poder moverme. Tentei pasar unha man a través dos grillóns, sen éxito. Estaban demasiado apertados.

- Merda! Merda! En vaia sarillo nos metemos!

Andaba a facer esforzos para liberarme cando soou o timbre do porteiro automático de forma insistente. Era Chus, sen dúbida. Non tivera nin tempo para chegar á farmacia e sen dúbida se decatara que non levaba bolso. Nin chave. Eu non acreditaba. Berrei, estúpido de min.

- Non podo, Chus! Non ves que estou amarrado?

O timbre seguía a sonar, urxente, pero non podía facer nada. Revireime canto puiden só para comprobar que era imposíbel liberarme. E o timbre parou. Recapitulei e tratei de pensar nas posibilidades. A máis lóxica era que Chus chamase a un cerralleiro. Aínda que, sen dúbida, o teléfono móbil estaba no bolso. Pero podía pedir na propia farmacia para chamar. Pero, pensándoo ben, non ía chamar un cerralleiro para abrir unha porta que non era a súa. Podía, por exemplo, saír a veciña do B, alertada polo ruído, e preguntar que facía na miña casa. E entón teriamos unha xuíza achaiando un domicilio. Vaia papeleta!

Non, seguro que chamaría á policía e explicaríalles a situación. Non podía deixarme así. Ademais, agora que caía na conta, ela non podía tampouco entrar na súa casa, nin pillar un taxi. Si, iso. Chamaría á policía e, pedíndolles discreción, solucionaría axiña aquela tremenda lea.

A policía? Unha persoa normal, talvez. Pero Chus tería que volver a ver aos axentes no xulgado, soportando as súas risas burlonas. Non. Non ía chamar á policía. En tanto, o tempo pasaba sen que nada sucedera. Ollei o radioespertador, que marcaba as doce menos dez. Máis tarde mirei de novo. As doce e cuarto. Levaba case unha hora naquela situación tan absurda. Só faltaba que me entrasen gañas de mexar. E, *voilá*, foi pensalo e virme as gañas. Unha complicación máis.

Ás dúas perdín toda esperanza. Déralle voltas a todas as posibilidades que tiña Chus para resolver a

68

situación, sen atopar solución algunha. E xa era tarde de máis se é que tiña pensado facer algo. Comezou a entrarme o pánico cando afrontei á fin que me deixara tirado daquela maneira, amarrado á cama e sen posibilidade ningunha de liberarme. Pensei que sería mellor tratar de durmir para non tolear. Pechei os ollos canso de alternar a mirada ao teito, á porta da habitación, á chave e o bolso na mesa de noite e ao radioespertador que marcaba as tres e dez.

Non conseguín prender o sono. Non daquela. Durmitei a intervalos curtos entre as catro e as sete, máis ou menos. Pero espertaba cada vez máis aterrado pensando que a tola aquela estaba a pasar de min. A radio comezou a emitir as noticias das sete.

- *Son as sete. Noticias. Para hoxe agárdase unha concentración de traballadores da construción diante da sé da patronal, en demanda de melloras no seu convenio colectivo...*

O sono comezaba a vencerme, a pesar da postura forzada, e de que xa non sentía os brazos, tiña cambras nas puntas dos dedos, e os grillóns fixéranme sangue nos pulsos. Fiquei completamente durmido até as dez. A radio xa non soaba. De súpeto lembrei a *Tom Jones*, e sentín o timbre do teléfono móbil na entrada. Sería do traballo, estrañados de que non acudira aquela mañá. A continuación foi o teléfono fixo, no salón, e logo outra volta o móbil. Si. Sen dúbida era do traballo. O problema comezaba a ser como me ía librar do meu cativerio. E, a ser posíbel, dunha maneira digna, sen comprometer para sempre a miña reputación. Porque se faltaba por moito tempo, probabelmente a alguén se lle ocorrería pasar pola miña casa, por se me sucedera algo. E a sádica de Chus. Como non facía algo? Tiña gañas de matala. Tiña fame. Estaba canso e dorido pola postura.

Ás doce e vinte e cinco tiven unha idea. O teléfono de Chus estaba no seu bolso, na mesa de noite. Inaccesíbel. Pero se facía un esforzo, ao mellor daba chegado e podía chamar a alguén. Deslicei as pernas fora da cama e co brazo dereito tirei polo cabeceiro para tratar de pór a cama de lado. Non foi difícil até aquí. Seguín tirando un pouco máis até case darlle a volta e acheguei a man ao bolso. Con moito coidado para que non caira abrín a cremalleira e pillei o teléfono. Ben!

Pero, a quen podía chamar? A Tareixiña foi a primeira opción. Vaia ridículo, pero era a persoa na que máis confianza tiña e seguro que non ía divulgar aquela situación tan absurda. Non sabía o seu número, gravado na memoria do meu teléfono, e tampouco lembraba o do hospital provincial, así que non me quedou outra que chamar a Mapi.

- Ah! Es ti, Loureiro. Non sabes como está o xefe! Como non viñeches traballar?

- Non me atopo ben. Mapi, por favor, dáme o teléfono do provincial.

- Que che pasa? Queres que che mande un médico?

- Non, non te molestes. Só dáme ese número.

- A ver, apunta...

Que ía apuntar, na miña situación. Memoriceino como puiden e marquei.

- Por favor, páseme con Tareixa Besteiro.

- Un momento...

Quen puxera aquela música horríbel para os momentos de espera? Era pouco matalo!

- Si?

- Tareixa, son Iago. Tes que vir á miña casa urxentemente. Non che podo explicar.

- Sucede algo?

- Ven axiña e trae un cerralleiro. Que che abra a porta, pero non o deixes pasar. Entra ti soa.

- Iago? Que pasa?

- Tareixa, por favor, faime caso e ven deseguida.

- Vou. Non tardo.

Deixei de aguantar o cabeceiro e a cama véuseme enriba cun grande estrondo. Cando sentín fedellar na porta preguei para que Tareixa seguise as instrucións e deixara o cerralleiro fora. Xa abondo tiña con que ela me tivera que ver naquela situación.

- Iago?

- Estou no dormitorio.

O agardado ataque de risa de Tareixa foi antolóxico. Axeonllouse e rodou polo chan, sen poder reprimirse. Ceibaba enormes gargalladas, e menos mal que tivera a precaución de pechar a porta, senón teríao sabido toda a comunidade. Cando á fin atopou un respiro preguntou:

- Pero meu fillo. Que che pasou...?

- Xa cho contarei. Agora vai buscar unha serra de metais que teño na caixa da ferramenta, na terraza, e sácame de aquí.

Ben cadrou que os grillóns eran máis ben de fantasía, e non levou moito traballo tronzalos. O problema eran as gargalladas de Tareixa. Cando me vin ceibe saín a toda presa para o baño. Tamén tiña fame.

- Non sei como me vas explicar isto, pero seguro que o vou pasar bomba!

- Foi un xogo, pero cruzáronse todos os desastres posíbeis.

Ela non daba creto. Ría a cachón e de vez en cando pedíame que parara, que non podía máis. A min aquilo xa me empezaba a por frenético.

- Non sabes a noite que pasei! Podías ter un pouco de compaixón!

- Si... Perdoa... pero é que non podo...!

71

X

Dende logo, acudín ao xulgado en busca dunha explicación. Se eu estivera no lugar de Chus, tería feito todo o posíbel para desfacer aquela lea monumental. Pero ela deixárame tirado.

- E eu? De noite vestida como estaba e sen un can para pillar un taxi? E todo por culpa túa. Non podías ter mercado condóns?

- Mira como teño os pulsos por mor dos putos grillóns!Esta non cha perdoo na vida!

- Pero lograches zafar, non? A proba é que aquí estás.

- Hostia, Chus! Pois non ía morrer amarrado á cama!

- Entón tampouco foi para tanto.

- Como que non foi? Ti toleaches?

Ela estaba máis seria ca de costume, se iso é posíbel, e decateime axiña que non quería saber moito máis do asunto. E tiña bemoles, botarme a min a culpa.

- E o que pasei eu, iso non ten importancia?

- Polo menos non estabas amarrada.

- Xa. Sen teléfono. Sen ninguén a quen chamar. De noite polas rúas da cidade vestida de puta. Vaia papeleta, non cres?

- Tamén zafaches, non?

- Tiven que agardar toda a noite nunha sala da estación do tren até que abriu o xulgado e puiden vir buscar un xogo de chaves da casa que tiña no despacho.

- E non podías despois ir valerme a min?

- Non quería nin verte diante. E agora tampouco. Quero que me fagas o favor de devolverme o meu bolso e o teléfono. O demais non me importa. Ah! E é mellor que non nos volvamos ver.

Tireille o bolso de mala maneira enriba da mesa e dei media volta, irado e ofendido. Por min podía ir á merda.

Os do servizo de publicacións estaban ao borde do infarto e o asunto chegara xa á atención do xefe. Aquela mañá tiven que presentarme diante del, e a primeira sorpresa foi que substituíra o mapa da provincia de mil oitocentos setenta e cinco que presidía o despacho por outro xigante da comunidade autónoma. Non estaba particularmente anoxado, aínda que eu xa fora posto en antecedentes acerca do sucedido o día anterior, cando o do cartaz alusivo á *última da semana*. Preguntou primeiro pola miña ausencia, que atribuín a unha forte dor de cabeza, e logo lembroume que debía facer canto antes o prólogo do libro, pois o retraso xa ía custar unha morea de cartos en horas extraordinarias na imprenta.

- Así que veña, a traballar. E que saia unha boa peza!

- Xefe, a verdade é que o tema é moi pouco literario.

- Caghoental, Loureiro! De que estamos a falar?

- Dun touro.

- Pois iso. Ghandería. Agricultura. O máis importante que ten o país. Cantos poetas non terán cantado as marabillas do rural. Pero claro, os rapaces da cidade non vistes na puta vida unha vaca!

- Xefe, eu non son da cidade, e na casa dos meus pais hai gando.

- Entón cal é o problema?

Fernando explicoume a urxencia do asunto. A exposición gandeira provincial, coa que se ía inaugurar o novo recinto feiral promovido pola deputación, tiña este ano unha importancia crucial. Rumoreábase que o conselleiro de agricultura do goberno autonómico caera en desgraza a causa de estrañas manobras partidarias, e que o seu cese estaba próximo. Don Francisco decatárase da ocasión que se presentaba, e con a penas quince días de antelación propúxose converter a exposición gandeira nun flamante escaparate, non da actividade pecuaria provincial, senón de si mesmo. Convidara a todo canto persoeiro se lle puxo a tiro, tanto civil como militar ou eclesiástico, comezando polo goberno en pleno, e presionaba a todas as empresas que tiñan algo que ver co sector para que montaran postos no recinto. Incluso se contrataron unha morea de cortes publicitarios na televisión, e dispuxéronse autocares dende todos os concellos afíns da provincia para desprazar a todo o público posíbel. Sabía que ao presidente do goberno lle gustaban enormemente os baños de masas, ou, como el dicía, os *rabaños de masas* e non ía quedar curto. Os de publicacións andaban do revés tratando de sacar para aquel día todos os títulos relacionados con temas agropecuarios, uns dez libros, que estaban entregados pero pendentes de publicación. O máis importante ía ser a biografía de *Tom Jones*, que levaría por título *A historia dun campión*. Despois de todo, aquel becho fora o investimento máis importante realizado pola deputación polo que respecta á gandería dende que Don Francisco era presidente.

Agora xa tiña máis datos. O campión non importaba grande cousa. O argumento a destacar debía ser a forte aposta do xefe polo campo, demostrada a través do pulo dado á granxa experimental e bla, bla, bla... Así que busquei as memorias que puntualmente presentaba o responsábel do negociado, que ninguén lera xamais, e púxenme de contado á tarefa. Á fin puiden entregar aquela mesma noite ao desesperado coordinador de publicacións case oito mil palabras. Un bo traballo.

Os días seguintes foron frenéticos. Houbo que facer as cuñas radiofónicas do evento, as notas de prensa e, o peor de todo, o discurso do xefe. El mesmo me entregou un par de follas manuscritas de imposíbel caligrafía coas ideas principais que quería incluír no parlamento de inauguración da exposición, e a partires de aí elaboramos e reelaboramos até o esgotamento, de tal xeito que o día anterior, ás doce da noite, aínda estabamos dándolle voltas. A idea básica era a de postularse como conselleiro do ramo. Ou sexa, son o mellor para o posto, pero non estou dicindo que me estea postulando, nada máis lonxe da miña intención. Pero, aínda así, aquí estou eu.

Ademais do meu traballo, tamén tiven que botarlles unha man aos de protocolo. Por exemplo, xestionando unha entrevista o máis longa posíbel na televisión local para o xefe.

Telecidade era un medio de comunicación que escapaba en certa medida ao noso control. Iniciativa dun veterano presentador da televisión estatal que, no seu declive como astro do medio, buscou un acubillo respectábel na propiedade de televisións locais en varias comunidades. Politicamente oposto á cor dominante na provincia, mantiña un certo pulso co presidente e máis cos alcaldes dos concellos aos que chegaba o sinal. Primeiro, tratando de que os informativos tivesen unha certa obxectividade, e que desen voz aos maltratados opositores. A idea de dedicarlle a don Francisco unha parte importante do programa da noite, presentado por un combatente xornalista ferozmente *antidelafuentista*, sen dúbida ía ser mal recibida, pero aínda así había que intentalo. Gueimóndez púxome ao día, xa que eu nunca sintonizaba Telecidade.

- Non o sabes? Agora o programa da noite preséntao unha rapaza nova. Non lembro como se chama.

- Xa non está o ghicho aquel de barbas?

- Non. Parece ser que lle deu un infarto e, entanto, puxéronlle unha substituta.

Pois ben. A ver se tiñamos sorte. Acudín á sede da emisora, unha nave industrial situada no polígono máis importante da cidade. Atendéronme na recepción, onde me dixeron que tería que agardar unha media hora, xa que a presentadora do programa estaba a gravar algo en exteriores.

- E como se chama?
- Carme Caride.

Non me soaba de nada. Collín unha revista e agardei. Ao pouco vin a través das vidreiras un automóbil cos rótulos da emisora que aparcaba. O sol non me deixou percibir as caras do rapaz e a rapaza que saían do coche. Entrou primeiro o rapaz, cunha cámara na man, e despois a rapaza. Era Mamen!

- Ti?
- Iago? Canto tempo! Ven aquí e dáme dous bicos. Que é da túa vida?
- Pois xa ves. Sigo a traballar na deputación. E ti?
- Fago televisión. Non me viches?
- Aquí?
- Si. E ti que fas por aquí?
- Veño falar cunha tal Carme Caride. A que presenta o programa da noite.

Mamen soltou unha gargallada.

- Pois xa estás a falar con ela.
- Ti?
- María do Carme Louzao Caride. Mamen non sona nada ben en televisión, así que xa ves...

Fiquei sen palabras. Se ben me sería máis doado convencela de dedicarlle un programa ao xefe, sabíame mal metela naquel sarillo. Acompañeina ao estudo do seu programa, que quixo ensinarme, explicándome con detalle como se facía a realización. Sentamos no set e entrou en materia.

- Ben. E logo que querías?

- Xa che dixen que sigo a traballar na deputación. Como saberás, a semana que ven inauguramos a exposición gandeira provincial, e a don Francisco gustaríalle que lle fixeras unha entrevista en profundidade. Eu non che debería contar isto, pero quere aproveitar o evento para darlle un pulo á súa carreira política, e precisamos darlle toda a promoción posíbel.

- Entendo. Quere ser conselleiro de agricultura, non?

- E ti como sabes...?

- Iago, non me tomes por parva. Salta á vista que o teu xefe é un home con aspiracións ben máis altas. Pero xa sabes que nesta casa non é moi ben recibido, non?

- Si. Bah! Déixao. Tiña que intentalo.

- Non pasa nada. Ademais, eu vou estar aquí catro días. Só fago unha substitución e despois, quen sabe. Ao mellor podiades devolverme o favor.

- Como?

- Facilitándome traballo nalgún medio afín. Ao mellor na produtora do *Ideal*. Sei que teñen un proxecto de televisión.

Eu non sabía nada, e tampouco podía prometerlle grande cousa. Como moito, diríallo a don Francisco a ver que se podía facer. Abondoulle.

- Metereino o xoves pola noite. É o día de máis audiencia.

- Non sería mellor o venres, máis preto da inauguración?

- Non. O venres gáñanos a televisión autonómica por goleada. Non o vería case ninguén.

Quedamos así. Díxenlle ao xefe que Mamen, ou Carme Caride, accedía a darlle un bo tratamento o xoves á noite pero que en troques había que facer algo por ela. Non puxo problemas. Seguro que habería onde metela e, se era no *Ideal*, mellor. El mesmo falaría con ela despois do programa.

Vin aquela mesma noite o programa na casa da Tareixiña, logo de autoconvidarme a pinchar algunha cousa acompañada dunhas cervexas. Mamen facíao moi ben, víase desenvolta de enfrontaba perfectamente calquera tema. Entrevistou primeiro á presidenta da asociación de amas de casa da cidade, deu paso á actuación dun grupo de cámara do conservatorio, presentou unha exposición de pintura e seguiu entrevistando xente até a fin do programa.

- Ti xa o sabías?
- O que?
- Que Mamen viña traballar a Telecidade.
- Non. Sabía que ía volver, pero non me dixo nada do traballo. De todos xeitos, pouco lle vai durar.
- Si.

Non lle contei nada acerca do trato que fixeramos aquela mañá. A min pareceume que non era a mesma rapaza coa que compartira apartamento. Víaa cambiada, máis vital. Ademais sorprendérame a facilidade coa que tirara do fío e me propuxera o troco de favores. Mamen non adoitaba ser tan directa. O tempo pasado na capital debía terlle sido moi instrutivo.

- Tareixa. Ti nótala moi cambiada?
- Leva o cabelo curto e está moi maquillada. Pero iso debe ser cousa da televisión.
- Non me refiro a iso. Ti falaches con ela por teléfono todo este tempo. Non che deu a sensación de que é unha persoa distinta?
- Non. Por que o dis?
- Por nada.
- *Ben. E isto foi todo por hoxe. Gustaríanos contar con todos vostedes mañá, de novo, na* Noite Aberta, *este agradábel paseo nocturno pola cidade da man desta, a súa televisión.* Telecidade. *Quedan agora co cine clásico para ver* A grande ilusión *do realizador francés Jean Renoir. Un histórico filme que paga a pena gozar. Deica mañá.*

Tareixa espreguizouse e convidoume moi directa a marchar. –Eu voume deitar, e non teño intención de levarte comigo, así que xa sabes, porta!-. Marchei e apeteceume dar unha volta polas rúas do centro da cidade. Ía unha noite clara de luar, aínda que unha miga fría. De todos os farois penduraban bandeirolas anunciadoras da exposición gandeira con grandes letras vermellas sobre fondo verde. Entrei no Central e pedín un descafeinado de máquina con leite. Morno.

XI

Cando concluíu que non aturaba ao seu home, Rosa entendeu que tiña que facer algo na vida. Aquela existencia de mantida de luxo equiparábaa, no seu maxín, a todas aquelas mulleres ás que Francisco retribuía, dun ou doutro xeito, para telas preto, cunha única diferenza, ela xa non tiña que entregar o corpo a cambio.

Non levaba a conta de cantas, nin cando. Íanlle chegando rumores, confidencias, algunha advertencia, e abondaba para facer unha composición próxima á realidade sobre as aventuras do sátiro. Porque non a enganaba só a ela, senón tamén ás amantes máis ou menos estábeis, pero todas de usar e tirar, frecuentando a un tempo o sexo mercenario nos lugares de máis alto standing da cidade e aínda en sórdidos clubs de estrada. E máis, dende que a dúbida sobre a súa fertilidade o liberara de calquera disimulo sobre a súa axitada e promiscua vida extramatrimonial.

En Londres, polo menos, a ferida non doía tanto. Estaba lonxe, como mínimo, da maledicencia da xente. Pero tamén, e isto era o máis importante para ela, non tiña que mirarlle aos ollos a aquel home que era o maior erro da súa vida. Non quixo pagarlle coa mesma moeda, e non por un posíbel sentido da integridade, senón porque non se atopaba con forzas nin gañas e, ademais, ansiaba sentirse libre de ataduras.

Gustaríalle, tamén, tirarlle á cara os cheques que recibía puntualmente dunha das empresas familiares, e para iso tería que pórse a traballar. Cun título de socioloxía nas mans, cursou un master en investigación de mercados ao tempo que perfeccionaba o seu nivel de inglés, e con tempo e asertividade logrou autoconvencerse de que podía comezar unha nova vida.

Elaborou un limitado currículo que complementou con adornos que xulgou necesarios, pois os seus trinta e tantos anos casaban mal coa total inexistencia de experiencia laboral. As primeiras semanas non foron demasiado ben, pero as entrevistas de traballo remataron por chegar e, á fin, obtivo un posto nunha empresa de sondaxes comerciais que traballaba para unha importante cadea de supermercados.

O traballo consistía no testeo de novos produtos, a elaboración de estratexias para introducilos de forma correcta nos mercados e auditar as respostas do público para detectar posíbeis fallos de deseño. Integrada nunha pequena equipa, boa parte da actividade transcorría fóra da capital en calquera dos supermercados distribuídos por Inglaterra e Gales.

O soldo permitíalle vivir ben, sen demasiados luxos, e pasado o período de proba puido por fin devolver o primeiro talón mensual. Aos poucos días recibiu unha chamada de Francisco.

- A ver! Que? Sóbranche os cartos ou?

- Non, pero non quero nada máis de ti. Non o preciso.

- E de que vives? Do ar?

- Do meu traballo.

- Anda, non me fagas rir. De que traballo nin que carallo! Éme ighual o que faghas aí, pero non quero que dighan que non manteño á miña muller.

- Diso tamén quero falar. Paco, quero o divorcio.

81

Houbo unha longa pausa do outro lado da liña telefónica. Francisco de la Fuente non agardaba unha sorpresa así. Para el, pagarlle os gastos a Rosa non era máis ca unha estratexia. Mentres ela se acomodara e dependera da asignación mensual, non había perigo de ruptura e o conseguinte escándalo. Pero agora ficara sen saber reaccionar.

- Paco, estasme oíndo?

- Mira, o que faghas aí en Londres téncheme sen coidado. Como se te vistes de pendangha e saes a facer a rúa. Pero aquí non vai haber divorcio ningún, entendes? Vaino metendo na cabeza! E se non métocho eu a gholpes.

- Paco, que dis?

- O que oes! E mañá volvo enviar o talón, e cóbralo, e todo seghe coma sempre. Como me teña que presentar eu en Londres habémolas ter moi ghordas ti e máis eu!

Colgou o teléfono, anoxado. Respirou fondo e foi recobrando o control. Non era parvo, e sabía que tiña cometido un erro. Non era aquela a mellor forma de solucionar un problema que, nas mans axeitadas, podía tronzar as súas aspiracións. Pero agora xa estaba feito e non había marcha atrás. Pensou que ao mellor había sorte e a ameaza xurdira efecto.

Dispuxo o envío dun novo talón, que volveu rexeitado ao cabo dunha semana. Para entón, estaba totalmente entregado á organización da exposición gandeira provincial, aquel trampolín para a súa ambición de poder. Decidiu que cada cousa tiña o seu tempo, e que o primeiro era o primeiro. Despois xa vería como trataba con Rosa.

Aquela noite acudía por vez primeira a Telecidade. Aquela emisora era unha espiña cravada, un elemento discordante no harmonioso control dos medios de comunicación provinciais que tantos servizos prestaba á súa estrutura de poder. Sabía que aquela excepción no veto que a televisión mantiña cara el era cousa de Loureiro, porque segundo lle comentara era coñecido da nova presentadora, pola que ademais había que facer algo. Tiña que aproveitar a ocasión e despregar todos os artefactos de sedución política aprendidos nos últimos anos. O obxectivo era convencer á xente para que acudira á exposición.

O propio dono telefonara aquela tarde á emisora para pedir explicacións sobre a presenza do presidente no programa da noite. Mamen argumentou que a ela non lle dixeran nada de vetos nin prohibicións. Sabía que a liña editorial non era favorábel aos que ocupaban o poder, pero preguntábase se non era máis ético manter un certo equilibrio, abordar os temas con obxectividade. Ademais, suspender agora a entrevista implicaría darlles argumentos para falar de censura. O propietario non tivo máis remedio que aceptar.

- De todos xeitos, dálle caña! Non o deixes saír vivo do plató!

- Farei o que poda. Non se preocupe, xefe.

- E para outra vez, se hai unha outra vez, quero que se me consulte antes de decidir unha cousa así!

- Por suposto, perda coidado.

A Mamen quedoulle claro que non habería outra vez. Por tanto, decidiu que ofrecería o trato máis amábel posíbel ao presidente, e agardaría que Iago ou quen fora o que tivera que tomar decisións soubera estar á altura.

O seu antigo compañeiro ofrecéralle algúns consellos:

- Fala ti todo o que podas, faille preguntas sinxelas e non o deixes meterse en sarillos. Non o anoxes baixo ningún concepto. Este home sen papeis é un auténtico desastre. Canto máis desenfadado sexa o tratamento, mellor.

- Non te preocupes. Déixame facer a min, xa verás que non te hei decepcionar.

Dende logo que non. A conversa transcorreu da mellor maneira posíbel, cun ton íntimo e nada envarado. O presidente atopouse a gusto e rebaixou o nivel de vulgaridade a extremos nunca vistos polos que o coñecían. Ao rematar, estaba exultante.

- É a mellor entrevista que me fixeron nunca, Carme. Non sei como agradecercho.

- Ben, Loureiro xa sabe...

- Ah! Non te preocupes. Iso está feito. Eu falaba de convidarte a unha copa.

XII

Non podía pegar ollo a véspera da inauguración da exposición gandeira provincial. Semella unha parvada, pero fora tanto o esforzo despregado naquelas dúas semanas que todos desexabamos que resultara perfecto. Iso sen contar que, dado o nivel de estres que tiñamos todos, comezando polo xefe, calquera erro ía desencadear unha treboada. No círculo máis inmediato do presidente, os que tiñamos precarios contratos de asesores intuíamos incluso que os nosos empregos pendían dun fío. O máis mínimo descoido custaríanos o posto.

Repasei mentalmente aquela morea de convidados: o presidente do goberno autonómico e sete conselleiros, incluído o desgraciado de agricultura, pobre. Varios presidentes de deputacións, varias ducias de deputados autonómicos, os alcaldes das oito cidades máis importantes, un arcebispo, tres bispos, dous cónsules, o presidente do tribunal superior de xustiza e os maxistrados da audiencia provincial, o xeneral xefe da rexión militar, o comandante en xefe da Garda Civil, o subdelegado do goberno central, os directores dos principais medios de comunicación, os secretarios xerais de todos os sindicatos agrarios, presidentes de múltiples asociacións veciñais, deportivas, culturais, de mulleres rurais, de viúvas, de amas de casa, de pescadores. E un longo etcétera.

Tiñamos comprometidos máis de cincuenta autobuses de toda a provincia e serviríanse non sei cantos milleiros de quilos de polbo, empanadas e carne ao caldeiro. Todo de balde. Para as autoridades e convidados montárase unha enorme carpa con ringleiras de mesas corridas, e os dous mellores restaurantes da cidade ían servir un luxoso xantar.

Os problemas loxísticos non conseguiran desbordar a nosa capacidade de traballo, e estabamos satisfeitos de dar organizado todo aquilo en a penas quince días. Pero aínda quedaba o peor, o grande día.

Á unha e media da mañá soou o teléfono.

- Loureiro, tes que vir *iso fato*. Estiven repasando o discurso e creo que temos que darlle unha volta a alghunhas cousas.

- A esta hora?

- E cando queres que o faghamos, mañá? Cando xa teña pasado?

- Ten razón. Paso pola súa casa?

- Non. Apunta este enderezo: Rúa da Oliveira, corenta, sexto dereita.

Apañei o ordenador portátil e saín pensando que a Rúa da Oliveira tiña que estar na zona nova da cidade, inzada de novos predios. Os do concello non demostraran unha especial orixinalidade bautizando rúas: da Oliveira, da Figueira, da Maciñeira, da Pereira... E máis alá a da Rosa, do Caravel, da Margarida... Para non perderme na floresta pillei un taxi, aínda que o taxista tampouco tiña moita idea e tivo que preguntar por radio á central.

- Marisiña, por onde queda a Rúa da Oliveira. Cambio.

- Debe ser unha desas novas, no polígono de Airiños. Cambio.

- Supoño, pero cal?

- Nin idea. A ver, algún compañeiro que nos indique a Rúa da Oliveira, repito, Rúa da Oliveira. Cambio.

O taxista desculpouse. –A ver se algún colega...- Pasou un intre e oírse outra voz pola radio.

- A ver ese que pregunta pola Rúa da Oliveira. É a segunda entrando pola Avenida dos Castros. Hai unha pizzería xusto á entrada. Cambio.

- OK, moitas grazas.

Non precisaba moita imaxinación para entender que facía o xefe nunha casa que non era a súa a aquela hora da noite. Un ligue. Que cabrón máis afortunado. Custaba traballo entender como aquel anano vulgar puidese ter tanto éxito coas mulleres. Aínda que, se ben se mira, tiña cartos e poder. Para algunhas podía ser suficiente.

Abriume o xefe a porta. Levaba unha bata curta e deixaba ver as pernas cheas de peluxe. Mandoume pasar para un salón e, axexando, puiden ver ao pasar por diante dunha porta unha perna feminina que asomaba por riba do cobertor. O apartamento tiña poucos móbeis. Parecía que estaba a medio equipar. Un cadro de estilo puntillista apoiaba contra unha parede pintada de azul escuro, a única das catro en tal cor. Un león rampante de bronce, de bo tamaño, pousaba enriba dunha mesa de vidro asentada en cabaletes lacados en negro. A única luz proviña dunha lámpada cúbica alaranxada que pousaba no chan.

- A ver, estiven revisando isto e temos que quitar algunhas cousas que non me convencen.

- Dígame, logo.

Traballamos máis de dúas horas. Don Francisco baixou case media botella de uisqui nese tempo. Refixemos de arriba a abaixo boa parte das vinte e tantas follas, cortando, pegando, trocando palabras que cría que se lle podían resistir, introducindo cousas novas. Ao non dispor de impresora non puido quedar cunha copia, polo que leu e releu na pantalla do ordenador até que pareceu darse por vencido.

- Pois aínda non acaba de ghustarme.

- Aínda lle podemos dar unha volta a primeira hora.

- Non. Temos que rematar aghora. Non quero deixar isto pendente.

Xa non podía coa canseira cando, non contento de todo, o xefe me mandou marchar.

- Aghora xa vai. Que saia como queira. Veña, vaite deitar! Mañá quérovos a todos frescos.

Eran case as catro da noite. Na rúa caín na conta de que non había taxis pola zona, así que decidín volver andando á casa. Facendo un pouco de exercicio ao mellor conseguía pillar o sono e durmir unhas horas, até as sete e media que tiñamos que estar no recinto feiral.

Nin sequera me deitei na cama. Estaba rebentado, pero sen sono. Prendín a televisión e mirei un deses longos anuncios dun aparello ximnástico milagreiro, seguido de outro dun robot de cociña. E despois outra vez o aparello, presentado por dous atléticos actores americanos, un home e unha muller. Con só dez minutos diarios vostede tamén pode conseguir un corpo dez. Chame agora e obteña o super-mega-ultra-aparello por este incríbel prezo. Recomendado pola asociación americana de preparadores físicos.

Pillei un traxe, camisa, garabata e roupa interior e coloqueinos enriba da cama. Abrín a billa da ducha e deixei correr a auga mentres me barbeaba. Pasei máis de vinte minutos na ducha, tratando de despexarme. Sentía que se me pechaban os ollos. Eran as sete e vinte e cinco cando cheguei ao recinto feiral. Precisaba un café.

XIII

O cadáver xacía a poucos metros dunha sala de moda nas Docklands. Estaba rodeado de paramédicos, policías e curiosos, de luces azuis destellantes e sons de transmisións de radio. Tiña todas as pintas dunha sobredose. Un sarxento rexistraba os petos na procura de documentación. Sacou cinco libras e uns poucos peniques, un papel cun número de teléfono e un bono de transporte. O morto levaba unha cadea de prata cunha pequena cruz e un reloxo negro de plástico. Vestía unha camiseta verde co logo anarquista, vaqueiros raídos e deportivas baratas. Os axentes interrogaban aos curiosos para ver se alguén coñecía a aquel home, sen resultado. A equipa científica tomou fotografías, as pegadas dactilares do cadáver e a temperatura do fígado para establecer a hora da morte. Cando remataron, introducírono nun furgón negro.

A policía foi tirando do fío por medio do número de teléfono aquel. Pertencía a un coñecido traficante difícil de pillar.

- Non queremos nada contigo. Dime só se coñeces a este. –O detective ensinoulle unha foto-

- Coñezo, pero non sei grande cousa. É un español. Coido que vivía por Hackney con outros *squatters*. Nada máis.

Eran datos suficientes para seguir desenleando a madeixa. Unha exhaustiva procura entre os okupas do distrito ofreceu, á fin, a identidade e maila procedencia do morto. Scotland Yard contactou coa Interpol para que a policía española atopara algún familiar de Ernesto Fole para lles comunicar o suceso e que puideran dispor o que considerasen oportuno.

XIV

Mamen destacaba entre os xornalistas que andaban á captura de declaracións na selva de políticos. Levaba un micrófono co logotipo do *Ideal* unido por un cabo umbilical á cámara que portaba un rapaz alto de longa barba. Á fin, o xefe conseguirlle o traballo na produtora do xornal da cidade. Creárana coa idea de pór en marcha unha televisión alternativa a Telecidade, pero o proxecto non daba arrincado. Mentres, a empresa facía crónicas para axencias.

Os homes laranxa da protección civil organizaban o tránsito e derivaban os centos de automóbiles. Autoridades, para a explanada asfaltada situada a carón do recinto. Os demais, para o terreiro explanado polas escavadoras da deputación nos días previos situado a carón do río. Os autocares debían descargar os pasaxeiros e seguir camiño un par de quilómetros máis alá, para aparcar cabo do campo de fútbol.

Don Francisco recibiu persoalmente a todos os convidados importantes repartindo apertas, cumpridos e alabanzas, en grao maior ou menor en función da relevancia de quen tiña á fronte. Despois as azafatas ían acompañándoos cara ao recinto habilitado para a cerimonia de inauguración, onde había mesas dispostas con café, galletas, augas minerais e zume de laranxa.

91

A cousa estaba a funcionar. Os que compúñamos a equipa de protocolo andabamos espallados controlándoo todo para pór coto a calquera problema que puidera xurdir. Varios grupos de gaitas ceibaban pezas diversas que se mesturaban no ar. As percusións escocesas facíanse pesadas de máis. Tiñamos un día de primavera magnífico, radiante e soleado.

A coral que eu abandonara despois do fracaso melódico, e tamén do aventureiro, cantou o himno de forma solemne. Evitaba ollar para o grupo de voces para non ter que cruzar a ollada con Chus. De todas formas, botei furtivas visuais buscándoa na parte das sopranos. Non estaba. Don Francisco comezou o seu discurso.

- *Excelentísimo señor presidente do ghoberno, Don Antonio Soto, ilustrísimos conselleiros, compañeiros presidentes...*

As dúas primeiras fileiras tiñan cadeiras tapizadas de veludo, traídas do salón nobre do pazo provincial. De alí para atrás había varios centos de vulgares cadeiras de plástico branco.

- *...o potencial aghrario e ghandeiro da nosa provincia queda demostrado nas contundentes cifras que, ano tras ano...*

O presidente Soto ollaba impasíbel. Non aparentaba os case setenta anos que figuraban na súa biografía oficial. Calvo cun recortado semicírculo de cabelo branco arredor do cranio, cun imperceptíbel bigote gris. Traxe e garabata escura. Pasador co escudo da comunidade, unha insignia redonda na solapa, xemelgos e reloxo de ouro, como os anteollos.

- *...o indubidábel compromiso desta deputación cos homes e mulleres que manteñen vivo o noso principal sector económico...*

O presidente fora un arquitecto de moita sona antes de meterse na política. Non se sabe moi ben por que deu o paso. Moitos crían que tiña moito que ver coa súa antiga amizade cun antigo líder estatal do partido. Era persoa tranquila e pouco amiga de grandes mudanzas. Relixioso e tradicional, era un rumor nunca confirmado que pertencía a unha desas organizacións integristas que exercen un control absoluto na vida dos seus membros.

- *...que hai pois máis ecolóxico que manter poboación no noso agro? Esa debe ser a prioridade de toda política que procure o progreso para o noso país...*

Un dato para abondar na rumoreada adscrición integrista do presidente eran os seus nove fillos, dos que polo menos cinco ocupaban cargos importantes, ben na administración, ben en empresas fondamente vencelladas con ela. Por iso don Francisco tiña especial coidado en dar unha imaxe ben distinta á realidade de farras e mulleres. E iso era o único que fallaba nos seus calculados planos para aquel día tan especial. Dona Rosa seguía quen sabe onde.

- *...a posta en marcha de estruturas de comercialización que simplifiquen o camiño entre produtores e consumidores, a creación de consellos reghuladores...*

Soto procuraba sempre colaboradores cun mesmo perfil: eficientes profesionais, de vida familiar sen tacha. Xente competente e da que non houbera nada que dicir. Pertencer ao seu mesmo grupo relixioso era sen dúbida unha avantaxe máis, pero don Francisco non estaba a tempo, aínda que quixera, de subir ao carro. Pero iso non era unha traba para que a deputación levara meses subvencionando moi xenerosamente as actividades que tiñan algún vencello coa pechada organización.

- *... por iso a deputación que me honro en presidir seghue a apostar polo rural, coa nosa ghranxa provincial experimental, co arranxo da infraestrutura viaria...*

A mensaxe estaba a quedar clara. Que mellor conselleiro de agricultura que De la Fuente, tan implicado no desenvolvemento agrario? Todos ollabamos para a face imperturbábel de don Antonio Soto. Nada deixaba ver que pensamentos pasaban pola súa cabeza monda naquel momento. O conselleiro case defenestrado, en troques, suaba frío. El si se estaba a decatar que don Francisco apostaba forte e decidido. Eu coidaba que era cousa feita. Comecei a pensar no próximo traslado á capital autonómica. Habería que buscar apartamento, facer mudanza, ir coñecendo xente. Porque sen dúbida o xefe querería verse rodeado da mesma equipa que o axudara até aquí. Algo xa deixara caer nos días previos, mentres vía cada vez máis próximo o grande momento.

- Paréceme que moi axiña vai haber cambios, así que ídevos preparando!

O discurso tiña que estar a causar un grande efecto. E escribírao eu. Xa sei que don Francisco non era moi dado a agradecementos, mais aquilo era moi especial. O último empurrón. O xefe perdeu os papeis un momento e parou de falar. Fíxose un espantoso silencio de catro ou cinco segundos, pero das ringleiras de atrás xurdiu un aplauso que se foi estendendo por todo o auditorio. Tamén o presidente aplaudiu. Á fin puido volver ao fío.

- ...precísanse accións coordinadas entre todas as administracións implicadas, dende a local á estatal, que deben ser dirixidas e executadas dende o chanzo autonómico porque é aquí onde radican as máis importantes competencias...

Ahá! Un dos puntos clave do parrafeo. Un dicir e non dicir. Unha franca declaración de intencións que, sen embargo, non deixaba translucir demasiada ambición. O presidente autonómico asentiu case imperceptibelmente. Que satisfacción para min! Aquilo ía sobre rodas.

- ...e non me vou estender máis. Todos somos conscientes da importancia de avanzar, de modernizar e por en vangharda o traballo, o esforzo e o sacrificio dos nosos homes e mulleres. Moitas ghrazas.

Os aplausos marcaron o nivel de aceptación do discurso. O propio Soto púxose en pé, e logo todos os demais, nunha pechada ovación. Don Francisco descendeu satisfeito e pagado de si mesmo do estrado e foi directamente cabo do primeiro mandatario, quen lle estreitou moi efusivamente a man. Logo mirou para onde eu estaba e chiscoume un ollo. Era a primeira vez que mostraba agradecemento cara a min!

O presidente do goberno subiu ao estrado e desfíxose en eloxios.

- *Despois do importante e acertado discurso do meu grande amigo Francisco De la Fuente, creo que pouco máis resta por dicir...*

O xefe sentou na súa cadeira e estirou as solapas da americana varias veces. Estaba eufórico, véndose coa pasta de agricultura na man. De cando en vez volvía a cabeza cara un lado e cara o outro, sorrindo e respondendo aos xestos compracentes que xurdían do público.

- *...precisamos xente comprometida cos problemas do medio rural, coas inquedanzas dos que traballan de sol a sol nos nosos campos...*

Estábao a deixar claro. Os sinais eran máis ca evidentes. Respirei fondo, fortemente relaxado e aliviado.

- *...declaro pois inaugurada esta exposición gandeira provincial.*

Coidei que non tiña por que andar de satélite do grupo de autoridades na súa visita aos postos e máis á parada de gando selecto. Despois de todo, o groso do meu traballo estaba feito. Achegueime á cafetaría para tomar unha cervexa. Alí atopei a Mamen.

- Parabéns. Foi un bo discurso. Creo que o teu xefe vai saír axiña no diario oficial.

- Grazas. A verdade é que estou moi satisfeito. E ti, non deberías estar traballando?

- Mentres andan dando voltas pola feira só hai que gravar imaxe. Aproveitarei antes do xantar para recoller declaracións.

- Queres que che consiga a don Francisco?

- Non fai falla. Xa o teño comprometido.

A cervexa estaba ben fría e sentoume marabillosamente. Os nervios secáranme a boca.

- Polo que vexo, conseguiches entrar na produtora do *Ideal*.

- Si. Ti tes a túa parte de culpa.

- Só llo comentei ao xefe. Supoño que sería cousa del. Temos que quedar un día para tomar algo e contarnos cousas. Non sei nada da túa andaina pola capital.

- Si, claro.

Apuntou o seu número de teléfono no caderno de notas e arrincou a páxina.

- Chámame cando queiras e vémonos.

- Claro.

XV

O inspector xefe da Policía Nacional e mailo seu axudante agardaban, serios, sentados en dúas cadeiras contiguas na antesala do despacho do presidente. Vestían os dous de uniforme e sostiñan as gorras debaixo do brazo dereito. Erguéronse cando apareceu don Francisco.

- Bo día. Vostedes dirán de que se trata.

- Podemos pasar dentro? -O inspector xefe sinalou a porta do despacho-.

- Claro, por suposto.

Gueimóndez ollaba inquisitivo cara a Mapi, a ver se ela sabía algo. Era unha visita fora do normal, anunciada con moi pouca antelación. De feito, houbera que localizar ao xefe con urxencia nalgún concello da provincia, e os policías agardaran todo aquel tempo. Mapi respondeu que non, movendo a cabeza. Non tiña nin idea.

O inspector xefe foi ao gran.

- Verá, señor. Recibimos un aviso da policía británica, a través da Interpol, para a localización dos familiares dun home falecido en Londres hai dous días.

Sacou unha fotografía da pasta.

- Coñéceo?

O presidente mirou ben aquela face esbrancuxada de ollos pechados. A calidade da impresión non era demasiado boa.

- Pois, así, de súpeto. E ademais en Londres. Como non sexa o irmán de Rosa.

- Os datos cos que traballa Scotland Yard indican que se trata de Ernesto Fole.

Volveu mirar a fotografía. Si. Podía ser. E máis era, con certeza.

- A miña muller xa o sabe?

- Non. Tratándose de vostede, consideramos máis prudente vir primeiro aquí.

- Rosa está fora. Tamén en Londres. E se lles digo a verdade, non teño maneira de localizala. Debeu cambiar de teléfono. E isto que quede entre nós, senón voume caghar na nai de algún, entendido?

- Por suposto. E non ten algún outro familiar próximo?

- Non. A nai está coma unha reghadeira, leva anos internada.

O do teléfono era verdade. Pero si que tiña o enderezo de Rosa. Rápido de pensamento, coidou que non permitiría que fose a policía inglesa a que lle dera a noticia. Ía aproveitar para matar dous paxaros dun tiro.

- Dighanlle aos ingleses que xa me ocupo eu do asunto. E coidadiño con larghar cousa ninghunha, estamos?

- Como mande, señor presidente.

Acompañou aos policías á saída e agardou a que desapareceran pola porta da antesala.

- Mapi, onde anda Loureiro?

- Tiña o día libre, deullo vostede.

- Localízamo inmediatamente.

A penas lembraba ao Ernesto, moito máis novo ca el. Era un rapaz moi ben parecido, sempre ben vestido. O que sabía era por Rosa, que o lembraba moi a miúdo. Fixera todo o posíbel por localizalo logo da morte do pai e da desgraza da nai, pero fora en balde. Entre os papeis de don Pedro Fole apareceu o resgardo de algún envío de cartos mediante xiro postal internacional, mais o enderezo era unha oficina postal do centro de Londres. O mozo debía acudir periodicamente, para ver se chegara diñeiro. Por unha desas casualidades morrera ben preto da súa irmá, na mesma cidade, sen que ela, probabelmente, tivera dado con el. Mellor así. Ía aproveitar a desgraza no seu propio beneficio.

- Non hai mal que por ben non veña.

XVI

Non tardei en chamar a Mamen. Non é que me volvera interesar. Ou si, non estou seguro. Creo que no fondo aínda alumaba aquela chama. Ademais, estaba máis bela ca nunca.

- Ola, Iago. Alédame que me chames.
- Quedaramos niso, non?
- Podiamos ir xuntos aos premios da asociación da prensa. Estás convidado?
- Non.
- Non te preocupes. Xa me encargo eu. Entón pasas a recollerme o xoves ás nove?
- Si. Dime onde.
- Agarda. Mellor recóllesme á saída do traballo. Sabes onde está a produtora?
- Claro.
- Pois alí ás oito, e así aforro levar o coche. Despois pasamos pola miña casa e ensínocha antes de ir aos premios. De acordo?
- Moi ben. Xoves ás oito. Ciao.
- Ciao. Un bico.

Aínda non eran as oito, pero quixen estar puntual. Pediralle ao xefe librar ao día seguinte para poder trasnoitar. Non mo podía negar despois do éxito da exposición gandeira, e non mo negou. Así que todo pintaba ben.

Aparquei mesmo diante da porta de *Producións Ideal S.L.* e agardei escoitando a radio do coche.

Ás oito en punto saíu Mamen. Impresionante. Vaqueiros apertados, e botas altas, que daban un efecto espectacular ás súas longas pernas. Xersei de colo alto. Entrou no automóbil e bicoume na meixela.

- Tira cara a zona nova, xa che vou indicando.

A aquela hora o tráfico era moi denso na cidade e tardamos bastante tempo en cruzala dunha parte á outra. Internámonos nas novas rúas.

- Agora vira á dereita.

Aquela parte facíaseme coñecida.

- Aquí, na Rúa da Oliveira. Vai aparcando onde podas.

Xa era casualidade. Mamen vivía no mesmo edificio que a querida do xefe. Non lle dixen nada. Probabelmente nin sequera a coñecería. Alí vivía moita xente, e dende había pouco tempo. Subimos no ascensor. Mamen íame contando que mercara un vestido novo para a festa dos premios.

- Xa verás que ben me queda. Ademais así xa sabes onde vivo para outra vez.

Entramos no apartamento e mandoume pór cómodo mentres se duchaba e se vestía. Pasei ao salón.

- Quince minutos. Pilla unha cervexa se queres.

Sentín unha súbita quentura que me subía dende o peito á cabeza. Alí estaba o cadro puntillista apoiado na parede azul escuro, o león rampante enriba da mesa de vidro sobre cabaletes negros. Mamen era a querida do xefe!

Sentinme terribelmente incómodo. Case non podía nin respirar. Claro! Por iso atopara traballo tan axiña no *Ideal*. Pero, Mamen! Non acreditaba! Pensar que ela... a miña Mamen! Co túzaro! Revolvinme ansioso por todo o salón, agardando que rematara. Ía chamarlle o que merecía. Pero, por que? Non tiña dereito? Ademais, como llo ía soltar así, polas boas: así que ti es a querida do merdán do meu xefe! E que ía responder? A ti que che importa! Claro.

Foron máis de quince minutos. Eran máis das nove e cuarto cando por fin se presentou, vestida cun traxe negro de festa que deixaba as costas núas. Preciosa. Tiña que sabelo fixo.

- Mamen. Levas moito tempo vivindo aquí?
- Dende que cheguei á cidade. Estreei eu o apartamento. Por que?
- Por nada.

Non teño nin que dicir de que humor estiven o resto da noite. É curioso que me sentira enganado. Despois de todo, nunca chegara a nada con ela. Ademais, con toda probabilidade, a culpa era miña. Eu fora o que conseguira a entrevista en Telecidade onde, seguramente, comezara o romance. Para colmo, tocounos compartir mesa redonda cun garrido grupo: Fernando Pena, un xornalista que se cría o Bob Woodward moderno, aínda que o *Washington Post* ficara ben lonxe das súas posibilidades, reducidas a unha columna diaria no *Ideal*. Ao carón, Ana Ameixeira, escritora de éxito aos seus vinte e dous anos, terribelmente pretensiosa, e que xa contaba con dúas novelas súper-vendas. Louxo, máximo factótum da Editorial Andeis, home de bastísima cultura, altivo e desprezativo. E, por fin, Adelina Pastor, muller xa maior, poeta de culto, feminista extrema.

Con Mamen tratando de buscar o seu lugar de recente chegada, e os outros catro pesos pesados monopolizando a conversa, máis o abatemento que me pesaba como unha lousa, aquela mesa volveuse insufríbel. O único que podía facer era beber de aquel viño branco, riquísimo, que os camareiros nos ían repondo con frecuencia. Non tardei en descubrir que se subía á cabeza. E de que maneira.

Adelina Pastor tratou de sacarme do meu ensimesmamento.

- E ti, a que te dedicas.
- Son *speechwriter*.
- O que?

102

Fernando Pena non desaproveitou a ocasión.

- É o que lle escribe os discursos a Paco De la Fuente.

- Pero que dixeches? Por favor, repite a modo.

- *Speechwriter.*

- Así xa entendo. *Writer* quere dicir escritor, e o outro debe significar discurso, non?

Louxo tampouco perdeu comba.

- Dubidaría moito á hora de dar a consideración de "escritor" aos que se dedican a este oficio. Hai elementos fundamentais que asociamos ao concepto "escritor", como son a inventiva, a imaxinación, o uso da linguaxe como certa forma de arte, que...

Pena cortou.

- Escritor é o que fai ficción. E punto. O demais é xuntar palabras.

Eu non atopaba ocasión para intervir. E aínda por riba os efectos do viño comezaban a ser perigosos. Estaba acalorado e mareado. Louxo non se deixaba pisar.

- Si, si. Estou de acordo. Precisamente por ese lado ía a miña argumentación. Podemos chamar "escritor" a calquera que use a linguaxe escrita para o seu traballo?

- Rotundamente non! –Fernando Pena fixo un signo negativo co dedo índice-. Fai falla moito máis ca iso.

- E ti que opinas? – Adelina Pastor volvía no meu rescate. Loitei como puiden contra os efectos do alcohol.

- Escribir discursos é unha cousa moi complicada, e quen é capaz de tal cousa tamén o é de escribir literatura. Eu son perfectamente capaz, se quero, de facer unha novela.

Louxo remexeu na ferida.

- Non dubido que te creas capaz. Outra cousa é que o sexas.

- Por que non? –Atallou Mamen- Eu estou segura de que pode escribir un bo libro. E de que sería todo un éxito.

Pena tampouco soltaba a presa.

- Iso é moito dicir. Non lle nego talento para os discursos, pero de aí a...

E xa non puiden máis. Como dicía miña tía, non mas cocía o corpo. Ademais estaba bébedo. E volvín abrir a boca de máis. Non era a primeira vez.

- Abosto o que gueiran a gue escribo unha boa novela en trinta días, gondando a partir de hoxe!

Houbo un pequeno silencio. Remataba de pousar enriba da mesa unha pequena bomba. Tamén o meu prestixio, se tal cousa tiña. Pero non me decatei. Estaba completamente seguro do que dicía. Louxo recolleu o desafío.

- Por min non hai problema. O premio será a publicación.

Pena tentou completar o desafío.

- E se non é capaz, que asista en coiros ao baile de San Xoán no casino!

A aquela altura nada me puña medo. Pareceume ben a idea. A miña cabeza xa daba voltas de máis.

- Se non son gabaz irei en goiros ao baile de San Xoán do casino!

A Louxo divertíao a aposta. Acababa de acontecer unha desas cousas que dan que falar por bastante tempo nunha cidade pequena como a nosa. El non perdía en ningún caso. Se eu escribía o libro, atopaba un autor novo. Se non, íase divertir moito.

Xa tivera tempo a arrepentirme despois de acudir ao baño para refrescar a cabeza e vomitar viño branco cando Fernando Pena pediu a palabra polo medio da entrega de premios.

- *Miñas donas, meus señores. Hoxe temos entre nós a Santiago Loureiro. Como saben, este mozo prometedor é membro da equipa de colaboradores do presidente da deputación, don Francisco De la Fuente e, en calidade de tal, un consumado escritor de discursos políticos...*

Merda! O tipo aquel ía contar a todo o mundo a brincadeira antes de que eu puidera volver á mesa a tratar de emendar a miña metida de zoca.

- *...Pois ben, Loureiro acaba de apostar que nos agasallará cunha novela no prazo de trinta días.*

A xente empezou a aplaudir, pensando que o que se anunciaba era a próxima publicación de algo xa escrito.

- *...Déixenme rematar. Escribirá dende hoxe e no prazo máximo de trinta días unha novela que, a xuízo de Pepe Louxo, de Adelina Pastor e do meu propio, reúna a calidade suficiente para ser publicada. Se é así, a Editorial Andeis incorporaraa ao seu catálogo. Pero...*

E aquí o mamón introduciu un silencio irónico.

- *...Pero se non remata o traballo, ou se o veredicto do xurado non é favorábel, o noso ousado amigo paseará en coiros polo casino o día do baile de San Xoán.*

Unha gargallada mesturada cun aplauso estalou en toda a sala. Como mínimo xa fixera o ridículo. E ademais xa non había marcha atrás. Non quixen facer de pallaso por máis tempo e escapei sen sequera advertir a Mamen. Pillei o coche e acelerei, cada vez máis anoxado comigo mesmo. Pero a quen se lle ocorre apostar a que fai unha novela en trinta días! Ademais, cando xa o tentara varias veces sen o menor éxito. Nunca dera pasado da páxina quince ou vinte sen desistir, consciente da total falla de calidade.

Agora avanzaba pola rolda de acceso á cidade, baleira de coches. Despois de pasar a primeira rotonda non reparei no semáforo vermello até que era demasiado tarde e xa entrara no cruzamento. Freei en seco, pero non puiden evitar que un pequeno utilitario branco me petase no lado dereito. Merda!

Unha patrulla da policía local chegou de inmediato. A condutora do coche branco parecía moi anoxada e sinalaba cara a min e logo cara o semáforo.

- Faga o favor de saír do coche, señor.

- Non pasa nada. Recoñezo que saltei o semáforo, pero non se preocupe, que me fago cargo de todo.

- Señor, por favor, saia do coche.

Saín e saquei a billeteira do peto da americana para entregarlle o carné de conducir ao axente.

- Faga o favor de soprar por aquí até que se ilumine a lámpada verde.

Caín na conta de que bebera de máis. Era xa o que me faltaba para completar aquela noite inesquecíbel. Pero aínda podía complicala máis.

- Axente, non sabe vostede con quen está falando.

O que non sabía o que estaba dicindo era eu. Mira que lle teño xenreira a esa frase. "Non sabe con quen está falando". E vou e sóltolla ao único municipal íntegro de todo o corpo. A nai que me pariu!

- Señor, de primeiras vouno denunciar por ameazas, e se non sopra inmediatamente vouno arrestar e conducilo a un centro de saúde para que lle fagan unha análise de sangue. Vostede decide.

Soprei, claro. Que remedio! Cero coma nove.

- Case multiplica por catro a taxa máxima permitida, que son cero coma vintecinco miligramos de alcohol en ar expirado. Dado que deu positivo, realizaremos outro control en dez minutos. Mentres tanto non se mova de aquí.

Pero foi exactamente igual. Ben, igual non. Cheguei ao punto enteiro. Un coma cero.

- Señor, ímolo acusar dun delito contra a seguridade do tráfico. Queda vostede detido e ímolo conducir diante dun xuíz. Ten dereito a gardar silencio...

Hostia! Pero que máis me ía pasar. Volvinme ver con grillóns, totalmente desbordado pola situación.

- ...ten dereito a non confesar contra si mesmo e a non declararse culpábel, ten dereito a asistencia letrada...

O municipal ía lendo unha chuleta. Non era como nas películas americanas, que o saben de memoria.

- ...ten dereito a que se notifique a súa detención a un familiar ou outra persoa que designe e a ser recoñecido por un médico forense. Entende vostede os seus dereitos?

Moito non entendín, pero tampouco era cuestión de que mos volvera repetir. Ademais, xa me estaba empuxando a cabeza cara abaixo para meterme no coche patrulla.

- Onde me levan?

- Ao xulgado de garda. O xuíz decidirá o que fai con vostede.

Imaxinei que presentarían os cargos e me citarían para un deses xuízos rápidos uns días despois. Tiña claro que non me libraba ninguén dunha boa tempada sen carné.

Tivemos que agardar un bo anaco de tempo no corredor do xulgado de garda. A min íame pasando a bebedela e tomando terra na realidade. Un dos axentes daba os datos dentro da oficina. Ao pouco saíu un empregado do xulgado.

- Xa poden pasar.

Conducíronme ao despacho do xuíz. Non daba creto!

- Anda! Pero olla quen temos aquí!

- Chus!

- Señoría, se non lle importa.

Tamén podía caerme enriba un lóstrego e partirme en dous. Xa case me daba o mesmo.

- Acúsano de pór en perigo a seguridade do tráfico por conducir baixo os efectos do alcohol, e tamén de ameazar a un axente da autoridade.

- Chus, por favor, deixa que che explique.

- Diríxase a min como señoría, se non quere sumar un desacato!

- Señoría, é verdade que bebín, pero non ameacei a ninguén. Por favor, créame.

- Recoñece polo menos o primeiro cargo. Axentes, conduzan ao detido aos calabozos. Agardo que alí lle pase a bebedela.

E que máis? De verdade era un día redondo. Primeiro descubrira que Mamen era a querida do meu xefe, despois fixera o ridículo máis espantoso, tivera un accidente, dera coa única xuíz do mundo que coñecía e agora isto. Faltaba o albaroque:

- Iago! –Dei volta antes de saír do despacho.

- Que?

- Despois de todo, quédanche moi ben os grillóns.

E soltou unha gargallada. As miñas relacións coas mulleres non eran normais.

XVII

Saín dos calabozos ás nove da mañá, despois de pasar a noite en branco, ou máis ben en negro. Menos mal que fun o único ocupante da cela. Entregáronme a citación para un xuízo rápido unhas semanas despois. Entrei nunha cafetaría situada a carón do xulgado e tomei un café. Lembrei que, polo menos, tiña o día libre, así que despois de pagar pillei un taxi e fun para a casa. Deiteime na cama e axiña quedei durmido. Pero á unha e media soou o teléfono. Era Mapi.

- Iago. Non me digas que estabas durmindo! Que, hai resaca?

- Mapi, por favor, estou moi mal. Non fagas brincadeiras.

- O xefe quere verte inmediatamente. Estas enfermo?

- Non. Enfermo non. E ademais hoxe libro.

- Xa o sei, pero tes que vir axiña.

- Vaaale. Deixa que me dea unha ducha polo menos.

Como empezaba a odiar o meu traballo! Doíame a cabeza, tiña a boca pastosa e coordinaba mal os movementos. Non sabía nin o que facía. Con algúns traballos me dei vestido e saín cara o pazo provincial. Mapi mandoume pasar directamente ao despacho do xefe.

- Xa souben da túa fazaña de onte, Loureiro!

- Cal delas, xefe?

- Como cal delas? Iso de escribir unha novela en trinta días. Paréceme unha idea de carallo! E xa podes ir dándolle, que como perdas a aposta aquí non volves traballar!

- Xefe!

- Ah, non! Só me faltaba ter comigho un tipo que se pasea en bolas polo casino da cidade. Érache boa!

- Quería algo máis? Estou moi canso.

- Agharda un pouco, fenómeno, que temos que falar. Ti falas inglés?

Falar, o que se di falar, falaba. Algo. Entendelo xa era outra cousa. Pero pensei que se trataría de traducir algún papel, así que non medín a resposta.

- Un pouco, si.

- Pois entón ti vasme facer un favor a min, e eu vouche facer outro a ti. Para que non se digha, cabrón!

Comecei a sospeitar que pasaba algo raro. Don Francisco púxome o brazo enriba do ombreiro.

- Imos ver. Esta tarde saes para Londres. Xa fixo Mapi a reserva do voo e máis do hotel. Levas roupa abonda, o ordenador e mailo que che fagha falla para escribir a merda esa que vas escribir en trinta días. Vas a ghastos paghos pola deputación.

Non acreditaba. E por que narices tiña que ir a Londres para escribir a novela?

- A cambio ti hasme facer un favor que non che ocupa máis ca un día ou dous. Toma –deume un papeliño. – Este é o enderezo da miña muller. Cando chegues poste en contacto con ela inmediatamente. O seu irmán acaba de morrer alí, pero Rosa non sabe nada. Tes que dicirllo e despois vas con ela á policía, e faste cargo de todo, entendes?

- ...

- Ben. Así me ghusta. Organizas todo para trasladar o cadáver aquí. O que haxa que pagar pillas de aquí – entregoume un sobre cheo de cartos. – do que quede ghastas o que necesites todo o mes, xa faremos contas.

110

- E dona Rosa?

- A iso ía, hostia! Non me interrompas. A Rosa métela no mesmo avión que o irmán. Ten que vir a toda costa, entendes?

- Entendo.

- Pois veña, vai de aí axiña! Fala con Mapi. E chámame por teléfono para informarme de todo.

Mapi entregoume un cartafol coas reservas.

- Pilleiche un hotel en Sussex Gardens. Está na zona onde vive dona Rosa. Ás cinco tes que estar no aeroporto para coller a tarxeta de embarque. Pásao ben.

Volvín rápido á casa e fun metendo na maleta roupa, útiles de aseo, o portátil, un caderno de notas, o sobre cos cartos e documentación. Estaba nervioso mais pensei que me viría ben a viaxe sorpresa. Mentres estaba no calabozo pensara pedirlle unhas vacacións ao xefe para poder cumprir coa aposta literaria e, como quen non quere a cousa, ía a gastos pagos. Trinta días arredado de todo e nun ambiente cosmopolita podían ser a mellor maneira de sacar adiante aquela toleada.

XVIII

Paco De la Fuente tiña unha especial habilidade para tornar no seu favor as situacións máis negativas. A miúdo atopaba as solucións máis retortas que se puideran imaxinar, e sempre remataba tendo sorte. Parecía que nacera de pé.

Nesta ocasión tiña por diante un reto. Un único atranco entre el e mailo seu ascenso político, que tiña que manexar con moito coidado se quería conseguir o seu obxectivo. Estaba ben advertido. Do contorno do presidente Soto xa lle chegaran seguridades da boa disposición cara un cambio de goberno que o favorecería. Don Antonio seguía nestes casos un ritual máis ou menos establecido, que consistía basicamente en trabar unha relación case amigábel e familiar cos futuros agraciados cun posto no goberno, co fin de coñecelos mellor e, sobre todo, comprobar se a súa catadura moral estaba á altura do que el agardaba nun subordinado.

- Vaite preparando –dixéralle o conselleiro de industria a Francisco-. O vello xa case ten a decisión tomada, pero antes vaite investigar polo miúdo, como a todos.

- Explícate, hostia! Como que me vai investigar?

- Non, non penses mal. Un día destes hate chamar para convidarte a unha reunión familiar na súa casa. A ti e máis á túa dona. O único que tendes que facer e dar a

112

impresión de ser un matrimonio tradicional, de estrita moralidade, e todo iso. Sabes rezar o rosario?

- Sei. Non sabes como as ghastaba a miña nai!

- Pois entón non hai problema. Na casa do xefe é norma o rezo diario, e vaivos tocar tamén.

- E se por calquera causa a miña muller non pode ir?

- Iso que nin se che pase pola cabeza. Entón esquécete de todo.

Así que había que amañar aquilo. Logo da última conversa telefónica que mantiveran, Rosa enviáralle varias cartas insistindo na cuestión do divorcio. Paco tentara por todos os medios atraela para tratar de convencela da inconveniencia de dar o paso. Non estaba disposto baixo ningún concepto a arruinar a súa carreira política por un simple trámite. Separados estaban, de feito. Pero había que conservar o *status quo* a todo custe.

A morte de Ernesto, aínda que un suceso triste, era unha oportunidade de ouro. Rosa non tiña outra alternativa que acompañalo de volta á súa derradeira morada, e entón aproveitaría para deixarlle as cousas claras. Ademais, en calquera momento ía recibir a chamada de Antonio Soto e era imprescindíbel ter á súa muller de man, preto del. Proporíalle un bo trato: ela actuaría de cónxuxe modelo cando o requirise a ocasión e, en troques, tería toda a liberdade para facer o que quixera. Estaba disposto incluso a ofrecerlle unha boa cantidade de diñeiro para asegurarlle o futuro.

Agora dependía de Loureiro o que saíran as cousas con ben. Non estaba moi seguro de se elixira á persoa axeitada para a misión, pero tampouco tiña moito máis onde escoller. Tiña a aquel rapaz por un chisco apoucado, aínda que co tempo fora mudando de opinión. Primeiro, cando soubo que andaba leado coa xuíza Cordeiro. Para a súa forma de pensar, iso indicaba certa ambición. Ultimamente, Carmiña Caride, que o coñecía ben dos seus tempos de estudantes, faláralle moi ben del. Demasiado. Francisco

113

chegou a pensar se non houbera algo máis entre eles naquela época na que compartían apartamento. Ás veces sentía case celos, e non polo que puidera ter habido, senón polo grande afecto que Carme aínda demostraba sentir polo Loureiro. E é que sentía algo distinto por esta rapaza, non coma con outras mulleres que frecuentara. Dende que comezaran a relación, non sentira desexos de se deitar con ningunha outra. Chegara a pensar que non lle desgustaría chegar a máis, incluso aceptando a separación de Rosa. Pero era realista, e a conxuntura política non daba para tanto. O primeiro era chegar a onde quería, e despois xa se vería.

En canto a Loureiro, canto máis o pensaba máis o anoxaba a falla de siso que demostrara coa cousa aquela de escribir un libro en trinta días. Puxérase en evidencia diante de todo o mundo e, o que é peor, se non o conseguía tería que pasar por un ridículo histórico que seguramente tamén salpicaría ao seu xefe. E non podía ser. O tipo que lle escribía os discursos non podía pasear en coiro diante da mellor sociedade da cidade. Vaia clase de colaboradores, pensarían no partido. E iso sen contar coa máis que probábel reacción do presidente Soto.

Non ía consentir aquilo. Ou escribía o quixote en verso ou iría para a puta rúa. Podía prescindir tranquilamente del, xa atoparía outro. E, de todos xeitos, aínda que saíra con ben, habería que advertilo moi seriamente de que non podía meterse noutro sarillo como aquel. Era un irresponsábel.

Mandou preparar o panteón da familia De la Fuente, e pensou chamar ao bispo para oficiar os funerais. Pero despois recapacitou. Non era conveniente airear moito a cuestión. Un cuñado drogadicto morto de sobredose podía supor outro atranco, agora que o obxectivo estaba tan á man.

XIX

No avión dunha compañía de baixo custe ía refacendo os sucesos recentes. Estaba camiño de Londres para cumprir un encargo pouco habitual. Aquilo ocuparíame un par de días e logo, a traballar. Tiña que comezar a pensar nun bo argumento. Se cadra unha historia relacionada coa guerra civil. Alí había materia de abondo. Mais, era un tema xa moi trallado. E a vida de Ernesto Fole? Non así, claro. Un personaxe inventado que pasa da comodidade burguesa nunha vila de provincias ao submundo dunha capital cosmopolita e se vai degradando. Non tiña a penas datos, pero podía imaxinalo. E máis non. Sería demasiado evidente e o xefe non toleraría baixo ningunha circunstancia que se publicase unha historia que, por moito que a disfrazara, remitía a un suceso tan evidente.

En fin. Coidei que mellor sería abordar primeiro a cuestión máis urxente e logo, xa con calma, escoller o tema e comezar a construír o argumento. Entre outras cousas, metera na equipaxe un pequeno ensaio que pensei que me ía ser de grande axuda, *As regras de ouro da novela contemporánea*. Non o tiña lido, mais tiña as pintas de poder ofrecer un bo servizo en canto aos aspectos estruturais da obra.

Cheguei a Stansed e collín un autobús cara o centro da cidade. Logo de pouco máis dunha hora chegamos a

Liverpool Street, e parei un taxi para ir ao hotel en Sussex Gardens. Esta era unha rúa longa, con moitas árbores, inzada de hoteis de estilo vitoriano, con entradas de pórticos de columnas. O taxi deixoume enfronte do meu hotel. Entreguei a reserva na recepción e o empregado, un indio ou paquistaní, díxome algo que a penas entendín. Creo que tiña que ver co horario do almorzo e a situación da habitación. Despois de todo, o meu nivel de inglés era o que era...

A penas deixei a equipaxe e comprobei o enderezo de dona Rosa naquela mesma rúa. Era o primeiro que debía facer. Saín á rúa, localicei a orde dos números e a situación dos impares, e botei a andar pensando como ía darlle a noticia.

Chamei ao timbre e abriu a porta unha señora maior. Tardei un anaco en atopar a frase precisa.

- I am looking for Mrs. Rosa Fole.
- Did you also Spanish?
- Oh, yes, yes.
- Follow me, please.

Subimos polas escaleiras até o primeiro andar e a señora petou na primeira porta á dereita.

- Mrs. Fole? There is a man who asked for you.

Dona Rosa sorprendeuse de verme. Aínda que non tiñamos coincidido demasiadas veces, sabía que traballaba para o seu marido. Non lembraba o meu nome.

- Ti es?
- Loureiro. Santiago Loureiro.
- Pasa, pasa. –Despediu á señora- Thank you, Mrs. Worthing.

Entramos no pequeno apartamento amoblado ao estilo *vintage*. A estancia principal estaba dominada por unha ampla e luminosa fiestra.

- Envíate Paco? Non se atreve a vir el mesmo?
- Don Francisco está tremendamente ocupado e pediume o favor. Dona Rosa, teño que comunicarlle unha

noticia terríbel. O seu irmán Ernesto morreu aquí, en Londres.

Recibiu unha forte impresión e quedou sen palabras. Ergueuse e foi cara a fiestra, chorando. Eu estaba incómodo e non sabía que dicirlle.

- Como foi?

- Creo que dunha sobredose. A policía tratou de localizar a un familiar, e por iso o soubo o xefe. Mandoume para que a axude cos trámites.

- Está aínda aquí?

- Si. Temos que pornos en contacto coa policía.

Tratou de sobreporse e ollou un longo tempo cara a min. Sen dúbida estaba a pensar por que o malnacido do seu marido non tivera coraxe suficiente para encargarse el mesmo de comunicarlle a noticia e estar con ela naquel momento tan difícil. De súpeto, pillou o bolso, meteu as chaves e o teléfono móbil e encaroume, decidida.

- A onde temos que ir?

Eu levaba o enderezo das oficinas de policía ás que había que dirixirse para facer os trámites. Menos mal que dona Rosa falaba inglés fluidamente. A min custábame traballo seguir as conversas. A penas pillaba palabras soltas. Explicáronnos o procedemento a seguir, os impresos que debiamos cubrir, e que tiñamos que contratar unha empresa funeraria para arranxar o traslado.

- Non vai haber traslado. Quero que o incineren.

Fiquei sorprendido. Aquilo desbarataba os plans e púñame nunha situación difícil.

- Dona Rosa, o xefe insistiu moito nesta cuestión. Alá está todo preparado.

- Iso a min non me importa. É o meu irmán, e eu teño dereito a decidir.

Claro que o tiña. Pero a min complicábame extraordinariamente a situación. A ver como convencía a aquela muller. O xefe deixáramo ben claro, dona Rosa tiña que volver a toda costa. Decidín ser franco.

117

- Por favor, teño instrucións moi precisas. Hai que repatriar o cadáver, e vostede ten que ir tamén. Se non, don Francisco vaime matar.

- Como comprenderás, Loureiro, a min iso me trae sen coidado. Non penso ceder. E agora, se queres, vaite. Non preciso de ti.

Agora si que se enleaba todo. Debía chamar ao xefe, e contarlle a verdade? Mellor, decidín, ficaría alí. Ao mellor aínda podía convencela de algunha maneira.

- Se non lle importa, quedarei. Podo serlle de utilidade.

- Como queiras. Pero non me deas máis a lata coas túas instrucións.

Até o día seguinte non había máis que facer. A primeira hora habería que solucionar o da funeraria e a partir de aí xa se ocuparían eles de todo. Pensei que debería ser amábel.

- Aceptaría que a convide a cear?

- Non teño moita gana. E ti, tes aloxamento?

- Si. Teño unha habitación nun hotel moi preto da súa casa.

- Perdoa se me portei mal contigo. Xa sei que é o teu traballo.

- Creo que non o vai ser por moito tempo.

Entramos nun pequeno restaurante e pedimos algo para cear. Dona Rosa variou o seu ton cara a min. Notábase que se desculpaba sinceramente. Toda aquela situación comezaba a dar voltas no meu maxín.

- Así que temes que te boten.

- Máis ben teño a seguridade. Vostede xa coñece a don Francisco.

- Trátame de ti, por favor. Sinto ter a culpa.

- Non, non te preocupes. Non é só por isto. Estou aquí tamén por meter a zoca en outro asunto.

E conteille o da aposta. E tamén todo o que veu despois. Por vez primeira sorriu abertamente. Creo que estaba a darlle mágoa.

- Parece que es un desastre. Torcéronseche ben as cousas.

- Podo preguntarche...? Por que non queres volver?

- Para Paco eu xa non significo nada. Pedinlle o divorcio varias veces e négase a falar do tema. Non son máis ca un peón no seu taboleiro. E agora non entendo por que tanta insistencia en que volva. Algunha comenencia terá.

Coidei que debía responder á confianza. Conteille das aspiracións do xefe, que tiña a punto o nomeamento como conselleiro e que, ao meu entender, a súa insistencia derivaba da necesidade de ofrecer unha imaxe de harmonía familiar diante do presidente do goberno.

- Pois por min que lle dean. Non penso participar na representación. Estou cansa, desilusionada, amargada, chea de carraxe. Non o quero ver máis na vida.

- Enténdote. Agora sei que non é difícil chegar a odialo.

Estábame a pasar pola cabeza Mamen, aquela perna que sobresaía por riba do cobertor, o xefe en bata. Á fin ao mellor tampouco era tan malo que me despedira e deixar atrás toda aquela merda. Tiña que convencerme que valía para moito máis que para ser un calquera no séquito dun personaxe como aquel.

- Sabes? Creo que xa me empeza a dar igual todo.

- O que?

- O traballo, a aposta, a miña mellor amiga que se deita co teu home a cambio dun traballo de merda. Todo!

XX

Despois de deixar a Rosa na porta da súa casa chamei por teléfono ao xefe andando camiño do hotel. Diríalle o que había, e punto. Despois de todo, non estaba na miña man facer máis.

- Loureiro! A ver, cóntame.

- Xefe, malas noticias. Dona Rosa non quere mandar o irmán para alá, e moito menos vai ir ela.

- Pero que carallo dis? Como que non quere? Loureiro, mecaghoentodooquesemove! Non me toques os ghuevos, eh!

- Xefe, que quere que faga? Non hai maneira de convencela.

- E logho que pensa facer?

- Quere incineralo aquí. Mañá imos amañar todo coa funeraria.

- Será raposa! Oes! Dille a esa lagharta que vai saber quen son eu! Pola ghloria dos meus defuntos que se vai lembrar de min!

Dábame conta da gravidade, para el, da situación. Comezaba a virse abaixo unha estratexia pacientemente traballada e, despois do meu fracaso, non tiña máis que facer que desafogarse a berros. E tocáronme a min.

- E ti, merdán! Non vales para nada! Deixa que te colla por banda!

- Xefe, por favor.

- Nin por favor nin hostias!

Colgou. Non sei porque, agarreime á esperanza de que pensara un pouco máis as cousas e se calmara. Que se lle ocorrera outra estratexia para eu póla en práctica dende alí. Si. Chamaríame e diríame, "escoita, vas facer isto..." Recollín a chave na recepción e subín á habitación. Puxen a televisión e deiteime na cama, a pensar. Soou o teléfono. "Aí está", pensei.

- Si?

- Loureiro, estás despedido! Así que volves inmediatamente e traes os cartos que che dei. Entendido?

- Pero, xefe, escoite...

- Falei ben claro. Non quero volver a verte diante de min!

Xa estaba. Á fin sucedera. Non había cambio de plans de última hora. Quedaba sen traballo e sen o mes en Londres a gastos pagos para escribir. E probabelmente queimado para atopar emprego alá onde chegaran os tentáculos de don Francisco. Non puiden durmir, e a cada minuto que pasaba máis fea se volvía a valoración da miña situación. Collería o primeiro avión que puidera, devolvería os cartos, recollería as miñas cousas no pazo provincial, deixaría o apartamento e iría de momento á casa dos meus pais. En canto á novela, mellor me sería desaparecer do mapa uns meses. A ver se a cousa se ía esquecendo.

Asaltábame a sensación de ter perdido todo aquel tempo. Se non aceptara aquel traballo, agora podería estar dando clases nun instituto e levar unha existencia tranquila, sen aqueles sobresaltos. Coas tardes libres e tempo para escribir ao igual que calquera. Primeiro unhas cousas infumábeis, como todo o mundo, pero pouco a pouco podería ir afinando o estilo e converténdome en escritor de verdade. O que sempre quixera facer, dende neno. Pero a vida dispón como lle ven en gaña. Aínda que, despois de

121

todo, aínda era novo para comezar outra volta. Precisaba falar con alguén. Marquei o teléfono de Tareixiña.

- Quen é?

- Son eu, Iago.

- Pero ti sabes que hora é?

- Síntoo. Necesito falar.

- Onde estás? Por que saen tantos números na pantalla do teléfono?

- Estou en Londres. É moi longo para contar. Acaban de despedirme.

- Neno, estás ben? Que pasou?

- Merda, Tareixa, que complicado é todo!

XXI

Había que cambiar de estratexia sobre a marcha. O caso era entrar no goberno, acceder ao círculo de confianza do presidente, e logo atopar algunha explicación para a crise matrimonial. De momento, Francisco tiña que deixar de ver a Carme por unha tempada, non vaia ser que alguén se fora da lingua antes de tempo. Dedicou horas e máis horas a tratar de construír unha historia coherente que non minguara a consideración cara a el do beatísimo Soto.

Porque tamén era ben triste que, á fin, todo dependera dun santón ridículo. De la Fuente entendía a política doutro xeito. Mandar, mandar e logo mandar. Tratar de colocar os teus intereses por riba dos demais. Unha competición na que cumpría non ter demasiados escrúpulos porque senón sempre habería algún máis disposto ca ti. Exercer poder era en si mesmo o premio desta loita, todo o poder posíbel. Canto máis alto esteas, máis abaixo se sitúan os outros, e maior cantidade de xente depende de ti. Es o rei do mambo.

Por iso non entendía por que tiñan tanto peso certos grupos na estrutura do partido. Cales eran as súas pretensións? Estes integristas, por exemplo. No fondo uns hipócritas que desprezaban a todo aquel que non fora coma eles. Considerábanse santos, e os demais eran simples pecadores aos que utilizar só cando non houbera alguén afín

123

a dispor. E así estaba todo. Pero non ían mandar sempre, nin moito menos. Non eran senón unha minoría odiada polo resto do partido pero, iso si, situada nos lugares clave. Este era un dos argumentos utilizados por De la Fuente cos camaradas aos que fora tentando nos últimos tempos. E todos opinaban que non era senón dende dentro, no mesmo núcleo do poder, onde se podía comezar a cambiar as cousas.

Agora cumpría dar o último paso. Esa consellería que, no fondo, lle daba exactamente igual. Valeríalle calquera outra, incluso a de cultura. O primeiro sería consolidarse, facerse imprescindíbel. Logo, ir vendo como respiraban outros conselleiros, estudando as posibilidades de ir creando unha camarilla propia e, nalgún momento futuro, estar o mellor situado posíbel para o que puidera pasar.

Non eran as súas desavinzas matrimoniais as que ían coutarlle o camiño. Non agora. Só tiña que ter seguridade en si mesmo, nada novo. Cando chegou a chamada agardada, o guión estaba elaborado, revisado e pulido.

- Don Francisco, ten unha chamada do presidente Soto.

- Pásamo.

- Bo día, De la Fuente. Quería darlle as grazas de novo pola magnífica organización do outro día. Estivo todo moi ben. Quedei moi contento.

- Nada, nada. Ghraciñas a vostede, señor presidente, por honrarnos coa súa presenza.

- Faltaría máis. Quería tamén falar con vostede de outras cousas, mellor en persoa. Importaríalle vir coa súa muller á residencia oficial o próximo sábado, para xantar e pasar a tarde.

- Con moito ghusto, señor presidente. O que sinto é que Rosa non poida estar ese día. Non sei se iso...

- E por que motivo, se pode saberse?

124

Neste punto comezaba a comedia.

- O meu cuñado Ernesto, irmán da miña esposa faleceu estoutro día en Londres, un accidente. Ela está alá, desolada, e desexa ghardar un loito rigoroso, xa me entende. Eu animeina a ficar alá unha tempada, porque aquí todo lle ha lembrar ao seu querido irmán.

- Vaia! Non sabía nada. Acompáñoos no sentimento. Pero, dígame, como a deixa soa nestas circunstancias?

Tíñao todo previsto. Non deixara ningún cabo solto.

- Que máis quixera! Incluso estiven a piques de voar para alá. Pero o traballo da deputación neste momento non me deixa un minuto libre. Rosa comprendeuno perfectamente. É unha muller estupenda e moi sacrificada.

- Xa. É moi loable. Pero ela soa, tan lonxe...

- Non. Mandei para alá a un colaborador meu moi eficiente para que a asista en todo o que precise.

- Está vostede en todo, De la Fuente. Ben, entón agardámolo a vostede o sábado ás dúas. E repítolle as miñas condolencias.

- Moi amábel. Adeus, señor presidente.

Bingo! O peixe trabara no anzol. Agora quedaba ir tirando do fío paseniño, paseniño...

XXII

Pola mañá mentres recollía as miñas cousas recibín unha chamada no teléfono do cuarto.

- You have a phone call, sir.
- Eh?
- Loureiro?
- Si. Dona Rosa?
- Non me trates de vostede, xa cho dixen. Quería saber se xa marchas hoxe.
- Si. Non teño nada máis que facer, salvo que mudaras de parecer.
- Non, para nada.
- Entón non pinto nada aquí.
- Por que non pasas pola miña casa? Gustaríame que me acompañaras á funeraria.
- Eu xa non traballo para o teu marido...
- É un favor que che pido.

Por que ía negarme? Unha cuestión de simple humanidade. Acababa de perder ao seu irmán. Mrs. Worthing abriu a porta e ofreceume as súas condolencias. Supuxen que Rosa xa lle contara o suceso, e a min debíame tomar por alguén da familia. Parecía que de verdade estivera conmocionada. Rosa xa estaba disposta para saír.

- Por certo, non recordo o teu nome.
- Santiago, pero todos me chaman Iago.

126

- Iago. Non sei como dicirche isto. Non quero chamar a ningún coñecido de aquí, pero non me gustaría estar soa cando...´

- Entendo. Acompáñote, por suposto. Por un día máis non vai pasar nada.

- O que me magoa é que perdas a ocasión para escribir aquí esa novela que naceu dun xeito tan sorprendente.

- Non mo podo permitir. Ademais, non vou escribir nada.

- Por que?

- Creo que non sirvo. Os discursos son outra cousa.

Quedei sorprendido pola extrema seriedade dos operarios fúnebres, e a sensación de rigorosidade que transmitían. En menos de media hora quedou todo resolto. A cremación sería ás catro da tarde. Fixemos tempo paseando por Hyde Park, nunha soleada mañá de primavera. Rosa faloume do seu irmán, da súa infancia feliz e da traxedia familiar que o virara todo. Comemos sandwiches e ensalada sentados na herba, como moita máis xente que nos rodeaba. Gustoume aquel costume tan británico. Gozaba do día espléndido, da paz do momento sen deixar, sen embargo, de pensar na miña situación.

Rosa non quixo ver ao irmán. Prefería lembralo como un mozo alegre e falangueiro, amigo de brincadeiras. A cerimonia, se así se puidera chamar, durou a penas vinte minutos. Introduciron a caixa nun forno e, despois de consumirse no lume intenso, entregáronnos unha furna coas cinzas. Aquilo era todo.

- Que vas facer con elas?

- Algún día levareinas á casa. Xunto ao meu pai.

- Ben. Foi un pracer coñecerte mellor, aínda que fose nestas circunstancias.

- Vaste?

- Vou ver se hai un cuarto libre no mesmo hotel da outra noite. Creo que hai un voo mañá cedo.

- Iago, estás seguro aínda de que non vas escribir ese libro?

- Estou.

- Mañá ás sete saio para Cardiff por razóns de traballo. Vou estar unha semana en Gales. Xa sei que non é un mes, pero podes quedar até que volva no meu apartamento e, polo menos, escribes un par de capítulos. Hoxe terás que durmir no sofá.

Non sabía que dicir. Podería demorar unha semana a agonía da volta. O único problema eran os cartos que me dera o xefe.

- Que agarde! Non te despediu? Por unha semana máis ou menos non vai pasar nada.

Tamén era verdade. Chamaría a Mapi e deixaría recado. A ela non lle ía berrar.

XXIII

O día de gloria chegou, por fin. O diario oficial da comunidade publicaba o nomeamento de Francisco Xavier De la Fuente Viaño como conselleiro de agricultura. Os parabéns logo comezaron a chegar ao pazo provincial, onde os recibía un home pagado de si, triunfante e en estado de graza. Non tiña queixa. A comida e a tarde de convivencia familiar co presidente saíran moi ben, perfectas. Cando abandonou a residencia oficial, despois de rezar o rosario, estaba seguro de que xa nada estragaría o seu ascenso. Só tivo que agardar dous días. A véspera da publicación no diario, o propio Soto telefonárao para comunicarlle a boa nova. Preparou co secretario da deputación a súa obrigada renuncia ao cargo e atendeu as chamadas dos medios de comunicación. Mapi aproveitou o momento de euforia.

- Xefe. Chamou Loureiro para dicir que ía quedar unha semana en Londres. Á volta halle traer o diñeiro.

Loureiro. Xa esquecera todo aquilo. E agora importáballe ben pouco.

- Por min como se o ghasta en putas! Con tal de que non o volva a ver!

Pero cinco minutos máis tarde xa se impuña a cordura.

- Mapi. Chamas a ese inútil e dislle que me dá ighual se queda alá ou se emighra á China comunista. Pero que non se me despiste cos cartos ou fagho que o prendan. Estamos?

- Entendido, xefe, agora o chamo.

Xa máis tranquilo, pois aqueles non eran cartos para tirar polo río abaixo, colleu o teléfono móbil e marcou un número da memoria.

- Carmiña, ghuapa. Como estás?

- Ben. E ti? Parabéns!

- Ghrazas, bonita. Bótote de menos.

- Si? De verdade?

- E o meu amigho de aquí embaixo, máis aínda...

- Paco...

- Mira. Eu o que quería dicirche é que aghora, durante un tempo, é mellor que non nos vexamos. Polo menos mentres non saiba de que van estes fillos de puta. Non vaia ser...

- Pero, por que? Se seguimos sendo discretos non ten por que sabelo ninguén.

- Non me fío. É mellor así. Déixame asentar primeiro e logo xa veremos. Se tes falla de algho mándasme recado por Mapi, que a vou levar comigho para a consellería. Entendido?

- Entendido. Paco!

- Que?

- Búscame algo por alá, anda. Sé bo.

- A ver. A ver...

Aquela moza estaba claro ao que xogaba. Como todas as que coñecera. Incluso Rosa. Casara con el só por manter o nivel de vida ao que estaba afeito. Se as cousas funcionaban así, el non tiña a culpa. E con pagar estaba solucionado.

De todos xeitos, non sabía por que, Carme era distinta ás demais. Estaba a gusto con ela e agora sentía mágoa por ter que deixar de vela unha tempada. Pero o primeiro era o primeiro. Tiña por diante uns meses para

130

apousentar no novo cargo, estudar o terreo e amarrar a posición. Debía asegurarse de que seguira ao seu dispor cando chegase o momento oportuno. Chamou ao director xeral do *Ideal*.

- Francisco, que sorpresa! Parabéns!

- Ghrazas, home, ghrazas. Mira, chamábate por unha cuestión particular...

- Xa sabes que o que eu poda facer...

- Lembras aquela moza que che recomendei para a cousa esa da televisión que tedes aí?

- Si, Carme Caride.

- Esa. Teño moito interese en que sigha aí con vós, se non tes reparo.

- Por favor! Iso está feito. Non había nin que dicilo.

- Non sabes como cho aghradezo. Non me hei esquecer.

XXIV

Tiña inmellorábeis condicións. Un apartamento con vistas a Sussex Gardens Street, tranquilidade total, Mrs. Worthing atenta a canto puidera necesitar... O marco ideal para pórme a escribir. O primeiro sería deixarme levar por *As regras de ouro da novela contemporánea*.

"O escritor moderno, para levar adiante a súa tarefa, debe procurar ante todo non deixarse arrastrar pola improvisación. O exercicio literario é, principalmente, un xogo con claras regras que deben seguirse se non se quere caer na mediocridade. Dez son os puntos básicos do proceso, que se irán describindo con detalle ao longo deste traballo:

1. Idea

2. Argumento

3. Personaxes

4. Sinopse

5. Despece por escenas

6. Localizacións

7. Documentación

8. Primeiro borrador

9. Reescrituras

10. Manuscrito final

A disciplina empregada no seguimento estrito desta estrutura dará como resultado un produto que colmará os seus desexos literarios, e chegará ao lector coa calidade necesaria para que vostede atope un lugar na narrativa contemporánea. Neste libro verá como cen días son suficiente para crear unha grande novela"

Cen días! E non habería un método abreviado? Entrarían dentro dos cen días os necesarios para ler e estudar o manual, ou eses ían a parte? Saltei o resto da introdución e fun ao gran.

"A idea. Que me inspira?

A idea é o primeiro paso da construción narrativa. Debe expresarse nunha única frase e debe responder á pregunta: que quero transmitir?"

Ai, que carallo! Iso xa o sabía eu. Non facía falla que mo explicaran. O malo é que non acudía ningunha idea. Pensei basearme nas experiencias vividas nos últimos anos, pero non daba atopado a maneira de contalo sen separar todo aquilo que tiña relación co meu traballo. Co meu antigo traballo. E tiña claras dúas cousas: unha, que non quería parecer o mordomo traidor que sae nas revistas. Outra, que a boa hora podería publicar as interioridades do meu xefe.

As miñas aventuras amorosas tampouco tiñan moito que contar, fóra a alma. Por tanto, quedaba excluída calquera cousa autobiográfica. O mellor sería provocar unha choiva de ideas e pillar a primeira que parecera aproveitábel. Seguín lendo.

"Unha vez que temos a idea, hai unha serie de cousas a ter en conta, o ton do libro —se vai ser serio, humorístico- a extensión que pretendemos darlle, xa que non é o mesmo un relato ca unha novela curta ou unha longa, o estilo —frases curtas e directas ou longas e descritivas-, a técnica a empregar —narración en primeira, segunda ou terceira persoa, texto clásico- e, por último, a estrutura que lle imos dar á obra —capítulos, bloques, todo seguido-..."

A cousa púñase máis difícil do previsto. Máis que axudarme, o manual aquel aínda complicaba máis a cousa. Aínda non comezara, nin sequera tiña unha idea, e xa debía

133

responder a unha morea de cuestións que parecían fundamentais. Mrs. Worthing petou á porta.

- I thought you would like a cup of tea.

- Thank you very much. Do you speak my language?

- Oh, no. I'm sorry, sir.

- Pois a ver como nos entendemos vostede e máis eu, que esa é outra!

- ...?

- Nothing. Thank you.

Un parvo coma min perdido nunha cidade estranxeira. Unha idea. E agora, a matinar o argumento. Viña pola páxina trinta e sete.

"Argumento: que conto? En xeral, debemos describir o argumento en poucas liñas. Unha ferramenta moi útil é manter unha base de datos de argumentos para as nosas futuras novelas, e ir apuntando os que se nos ocorran lendo revistas, espreitando na vida diaria, etc. Unha vez escollido un, resulta imprescindíbel estudar argumentos alternativos, pois as cousas pódense contar de varias maneiras."

Ben. E que máis? Comezaba a doerme o diñeiro gastado naquela sarta de cousas obvias. Se, ao final, todo o tiña que facer eu! Volvín ao índice e boteille unha ollada.

"Personaxes: de quen estou a falar?"

Personaxe xa o tiña. O parvo. Así que, páxina corenta e cinco.

"Debemos construír unha ficha para cada unha das personaxes que empreguemos. Un modelo a seguir podería ser o seguinte:

- *Nome:*
- *Alias:*
- *Lugar de nacemento:*
- *Nacionalidade:*
- *Domicilio:*
- *Estado civil:*
- *Profesión:*

- Importancia: (protagonista, antagonista, principal, secundario)

- Ton: (serio, cómico, dramático)"

Era o que me faltaba por ver. Tiña que facerlles o DNI ás personaxes antes de escribir a novela! Na altura tiña para min que aquilo era unha verdadeira carallada. Collín *As regras de ouro da novela contemporánea* e tireino no cubo do lixo. Alí estaba ben.

Para desconectar abrín a caixa do correo electrónico. Tiña unha mensaxe de Tareixiña.

Porfa, non te esquezas de pasar por Harrod´s e mércarme todas as variedades de té que podas. Pásao moi ben, e non te preocupes polo do choio. Xa atoparás outra cousa. Bicos.

Mañá iría buscarlle o té. E de paso a dar unha volta pola cidade, para cando menos coñecela un pouco. Xa case levaba tres días e todo o que coñecía era unhas dependencias policiais, unha funeraria e o cuarto do hotel, ademais do apartamento de Rosa. Tiña tamén mensaxe dela.

Agardo que te atopes a gusto. Eu teño un día horroroso, pero non me queixo. Non me lembrei de dicirche que non contestes ao teléfono. O mellor é que o descolgues. No frigorífico tes de todo, pero calquera cousa que precises pídeslla a Mrs. Worthing. E, por favor, non aturo a desorde. Colle o que queiras, pero cando remates vólveo ao seu sitio. Aquí agardamos rematar antes do sábado, aínda que nunca se sabe. Se iso, heite chamar con tempo. Saúdos

O último era da deputación.

Estimado Sr.: Tendo rematado a relación laboral que viña mantendo con este organismo, práce nos comunicarlle que ten ao seu dispor a nómina correspondente ao último período, a liquidación de fin de contrato así como os certificados de cotización. Pode pasar polo negociado de persoal cando mellor lle conveña. Agardando as súas noticias, reciba un cordial saúdo.

Era a confirmación definitiva de que non había volta atrás. Non a precisaba, pois logo de todos aqueles anos sabía perfectamente como as gastaba o xefe. Despedido era despedido. E punto. Sen máis voltas. Pero afastei a cuestión

135

do pensamento. Xa tería tempo a semana vindeira para tramitar os papeis.

Aquel día estaba xa perdido, así que decidín dar unha volta polas proximidades a ver se algunha idea me acudía, caritativa, ao maxín. Cruceime con ducias de turistas que entraban na multitude de hoteis establecidos naquela longa rúa. Moitos deles falaban linguas coñecidas. Pensei que o mundo xa non era lugar para aventuras, senón para o turismo. Así que tampouco unha novela de viaxes. Ademais, vaia experiencia a miña, que era a primeira vez que pisaba o estranxeiro. Ben, quitando Portugal, se o consideramos "o estranxeiro".

XXV

Levaba tres días no apartamento de Rosa sen o menor resultado. Un perdido co manual para parvos, o outro de compras por Harrod´s e de visita polos lugares máis céntricos: Buckingham Palace, o Parlamento, Times Square, o London Eye, etc. O terceiro estaba a transcorrer sen maior novidade.

Soou o meu teléfono.

- Iago. Son Rosa. Ao final imos rematar mañá, así que chegarei á noite. Como vai o traballo?

- Mal, moi mal. Non teño unha soa liña.

- Non desesperes.

- Abóndame para saber que non sirvo para escribir ficción.

- Pois eu penso que si vales. Dámo a alma. Só tes que atopar a inspiración.

- Es unha optimista.

- Non te preocupes. Teño unha idea que che quero comentar. Vémonos mañá.

Unha idea? Rosa? Imaxinábaa. Co odio que lle tiña ao marido probabelmente me diría que escribira sobre el. E xa dixen por que non me parecía intelixente meterme naquel sarillo. De todos xeitos estaba tan bloqueado que me rendín definitivamente. Apetecíame perder o tempo por algures. Quizais a National Gallery.

Rosa Fole chegou o xoves á noite. Tíñalle pedido a Mrs. Worthing unha cea fría, pois non sabía a hora exacta. Mercara unha botella de viño tinto alentexano –ao branco tíñalle noxo despois daquel día fatídico- nunha tenda rexentada por uns portugueses. Deixou as cousas e ollou agradecida para a mesa posta.

- É un detalle. Grazas.

Faloume do seu traballo e da volta que viña de dar por Gales. Parecía satisfeita coa súa nova vida lonxe de todo canto quedaba atrás. Pero non esquecido.

- Xa che dixen que teño unha idea...

- Antes de que fales, quero dicirche que non vou escribir nada sobre Francisco De la Fuente. Nin cambiando os nomes, nin disfrazando a historia, nin nada. Xogaríame o futuro e, ademais, non creo que ninguén o publicase.

- Xa vexo que pensaches en todo.

- Tiven tempo abondo.

- Pero quizais non lle deses voltas bastantes ao tema.

- Non entendo.

A súa cara amosaba un pícaro sorriso. Ela si matinara a fondo sobre a cuestión nos días anteriores. Víase segura de si mesma.

- O que ti facías até agora era, máis ou menos, darlle forma ás ideas de outros, non?

- Eu non o diría así. Ideas, o que se di ideas... máis ben catro ou cinco tópicos ben traballados.

- O caso é poñelo en papel. O que sexa.

Non conseguía entender a onde quería ir parar. Pedinlle que fora dereita ao gran.

- Eu si quero contar a miña historia. A dunha muller burlada. Expor todo o maltrato ao que me someteu ese cabrón, e que a xente saiba que clase de persoa é. Quero que ti a escribas. Podemos asinalo os dous, ou podo facelo eu soa. Iso dáme igual

Quedei sen palabras. Era xenial! A ela dáballe o mesmo que consecuencias puidera ter aquilo e, despois de todo, tratábase principalmente da súa vida. Ninguén lle podía negar o dereito a desafogarse. Máis dun editor rifaría por algo así. E, este era un obxectivo común, podiamos meter nunha lea a Panchito De la Fuente.

- Acepto.

- Pois entón, mans á obra. Non hai tempo que perder.

Comezamos aquela mesma noite. Rosa foime relatando unha longa rea de desprezos, insultos, ameazas e infidelidades. Decidimos darlle un ton irónico e case humorístico, afastado da traxedia que lle tocara vivir. Parecíame que así situaríamos ao imbécil nun plano inferior ao da muller, resaltando enormemente a súa estulticia. Usariamos os nomes reais, sen agochar nada.

Un episodio realmente sorprendente para min foi a narración da reacción de De la Fuente cando Rosa tentou que se sometese ás probas de fertilidade. Era tan descritivo do seu carácter, que insistín en que aquela comida na casa dos sogros tería que ser o comezo da narración. Logo saltariamos cara atrás, e seguiríamos unha certa orde cronolóxica. Coido que non tardei nin dúas horas en entusiasmarme co prometedor proxecto.

Tanto, que non saímos do apartamento durante catro días. Rosa non tiña traballo até o martes seguinte, e todas as necesidades cubríaas unha solícita Mrs. Worting que amosaba unha especial simpatía agora que sabía que eu era escritor, e que estabamos a traballar xuntos. Adoraba a literatura e estaba feliz de ter un autor na súa casa.

Dedicamos unhas dezaoito horas diarias á tarefa, comendo sobre a marcha. Rematabamos tremendamente cansos e algún día quedamos durmidos diante do ordenador. Mais o texto avanzaba a paso de xigante. O plan de traballo que foramos improvisando consistía en facer unha narración inicial sen pulir, en bruto, que eu puliría de volta na casa con máis calma. Despois podía volver a Londres, ou ben enviarlle o texto refeito por correo electrónico para darlle os últimos retoques. Manteríamos entre tanto o contacto telefónico, para que ela puidera estar ao tanto.

- Rosa. Algunha vez che levantou a man?

- Si. Por iso marchei.

Á fin dos catro días tiñamos unhas vinte e cinco mil palabras, se ben nun borrador pouco estruturado e cheo de grallas, erros tipográficos e sen estilo ningún. Sacamos dúas copias, para que ela tamén puidera traballar sobre o texto.

- Ves como si es un escritor?

- Así calquera. Isto non é ficción.

- É unha historia. Hai moitas máis. Tantas coma persoas, non?

- Se o miras dende ese punto de vista...

- Claro. Que outro pode haber? A xente quere narracións que poda entender, próximas á experiencia propia. A literatura fantástica está ben para nenos.

- Cada quen ten os seus gustos. Pero coido que tes razón. Agora queda comprobar se son capaz de darlle forma.

- Estou segura.

XXVI

A entrada de Francisco De la Fuente representou un sopro de ar fresco no anquilosado goberno. Era un político de raza, capaz de facer que se falara del, fora ben ou mal, e que non abandonaba a primeira liña mediática por nada no mundo. Non precisou sequera achegar proxectos novos, ou unha liña de traballo distinta á do seu predecesor. Simplemente pillou todo o que circulaba xa pola consellaría e inundou os medios de comunicación con todo aquel material, dando a sensación de que ía cambiar de arriba a abaixo toda a política levada a cabo até alí.

Iso e mailo uso intensivo do coche oficial, ao que xa estaba afeito. Estendeu as redes por todo o país visitando cooperativas, fábricas, matadoiros, mercados, granxas, sindicatos agrarios, alcaldes e, sobre todo, festas gastronómicas. Fronte aos seus compañeiros de goberno menos populistas, xustificábase dicindo que alguén tiña que dar unha imaxe de proximidade ao pobo. E ninguén mellor ca o conselleiro de agricultura, por aquilo da secular tradición agropecuaria da comunidade.

O mesmo presidente concordaba coa súa opinión. Até entón o goberno parecía dar a sensación de ser un grupo de tecnócratas afastados da xente. Eficaces, ao seu xuízo, pero non demasiado populares.

Así que atopou o campo libre e preparado para a semente, para asentar as bases do futuro sobre unha clientela ganada para a causa. Por iso tiña que dicir a todo o mundo o que querían oír. Debía procurar favorecer a todos, telos contentos e agradecidos a aquel conselleiro que, á fin, "era un dos nosos".

Soubo ganar aos directores dos medios cunha mestura de atencións e o incremento exponencial dos orzamentos da consellaría destinados a publicidade institucional, e moi axiña chegaron os columnistas que loaban a súa capacidade política, o pulo de modernidade que estaba a imprimir nun sector tan atrasado e tan vital para o país.

Foi un daqueles plumiñas, o de máis sona, de quen tirou para substituír a Loureiro na cuestión dos discursos e outras parrafadas. Saía moitísimo máis caro, por suposto, pero en calidade non había, ao seu xuízo, punto de comparación.

Estaba onde quería e co mundo, con aquela pequena parte do mundo, aos seus pes. Cando sentiu suficientemente segura a súa posición, quixo retomar outras cousas onde as deixara. Pero agora, podía facelo ao grande. Chamou ao director da televisión autonómica.

- Nóvoa? Son De la Fuente. Preciso que me faghas un favor. Trátase dunha recomendada miña que...

XXVII

Traballando no texto xa de volta á cidade, a preocupación máis importante que me asaltaba non tiña nada que ver cos aspectos formais e tampouco cos de fondo. Seguía a empregar aquel ritmo compulsivo iniciado no apartamento de Sussex Gardens, e cheguei a pensar que corría grave risco de rematar intoxicado.

Son fumador de maneira case irremediábel, logo de abondosas tentativas de abandonar o hábito, sempre sen éxito. De todas formas, o meu consumo habitual non pasa dun paquete diario, agás raras excepcións. Sen case decatarme, asusteime ao ver o ritmo de consumo cando caín na conta de que estaba a abrir o segundo paquete do día, e non eran máis que as tres da tarde. Fixen entón contas e calculei que, diante da pantalla, estaba a fumar unha media de vinte cigarros cada cinco horas de traballo. Por iso sentía a boca sempre como se estivera a comer un cinseiro. O salón do meu apartamento, se un o comparaba entrando e saíndo noutras estancias, permanecía envolto nunha densa néboa, os dedos fura-bolos e maior-de-todos presentaban unha coloración marrón escura preocupante, e olládome ao espello comprobei que tiña os ollos moi irritados.

Pero a cousa ía ben. O material en bruto daba pé para un desenvolvemento moi interesante, e quería aproveitar a inspiración antes de que desaparecera. Nin sequera pasara pola deputación para recoller os papeis, nin chamara a Tareixiña para dicir "estou aquí". Íame alimentando de pizzas pedidas por teléfono, cervexa e café, moito café. Despois de varios días presentaba unha mesta barba, o cabelo revolto e graxento, e incipientes problemas gastrointestinais.

Só me recompuxen ao lembrar que debía acudir ao xulgado para o xuízo polo accidente. De milagre. Estaba a escribir unha escena de grande violencia verbal, non sei por que me veu á cabeza Chus, e logo a cita pendente coa xustiza. Unha cousa foime levando á outra. Menos mal.

Presenteime limpo, barbeado e ben vestido, con traxe e garabata, para axudar a abrandar á, neste rol, xuíza Cordeiro. Agardaba paseando nervioso por un corredor cando a vin achegarse cara a min. Púxenme algo nervioso.

- Ola, Iago. Hoxe é o día, non?

- Si. Agardo que non me fagas moito a pascua.

- Eu? Para nada. O teu caso non me toca a min.

- Non?

- Pero non te preocupes, falarei co xuíz para que non sexa moi estrito, cunha condición.

- Chus. Que te vexo vir!

Tiña aquela ollada de femia dominante que, por experiencia, xa me asustaba.

- Aínda non dixen nada. Só che pido que tomemos un café despois da vista. Simplemente iso.

- De acordo, pero só se a cousa sae razoabelmente ben.

Non se pode dicir que non. O xuíz, un home de sesenta e tantos anos con pinta de estar permanentemente anoxado, non cargou demasiado as tintas. Seis meses de suspensión do permiso de conducir e unha pequena multa. O cargo por ameazas a un axente da autoridade foi finalmente desestimado, xa que considerou a frase "vostede non sabe con quen está a falar" unha expresión corrente e habitual nunha situación deste tipo. Xa que logo, a cita con Chus era inevitábel.

- Onde estiveches todo este tempo? Mudaches de cidade co ascenso do teu xefe?

- Que dis! Despediume uns días antes de que o nomearan conselleiro. Estou sen traballo.

- Non sabía. Non chamaches máis. Supuxen que me gardarías a faena de mandarte para os calabozos. Es un pouco rancoroso.

Non daba creto. Como non ía gardarlla? A ela parecíalle un xogo nada máis o que para min era outro desastre na longa lista dos acaecidos naqueles días ben difíciles.

- Chus. Ti velo como unha brincadeira, pero a min chegoume moi fondo. Como queres que non me sinta mal?

- Bah! É unha anécdota que algún día poderás contarlles aos netos.

- Rematarás conseguindo que te odie.

- Por favor, non digas iso. Agora voute coñecendo e xa me decato de cales son os teus límites. Coido que te entendo un pouco mellor.

- E precisabas meterme na cadea? Iso non lle gusta a ninguén, non fai falla experimentalo para sabelo. Sen embargo, a min pásame todo o contrario. Cando estabamos... o que fose aquilo que faciamos, cría coñecerte bastante ben. Agora non teño nin a máis remota idea de que vas.

- E que imaxe tiñas entón?

- Prefiro non responder a iso. Estou no meu dereito, non?

Soltou unha gargallada. Parecíame que estaba a xogar comigo dende que nos atopáramos e, para iso, eu semellaba ser a vítima ideal.

- Ti o que precisas non é un compañeiro, senón un boneco, un obxecto para as túas brincadeiras. Pois ben, mesmo sen ser consciente fixen o meu papel, e creo que con moito éxito, por certo. Pero compadezo ás próximas vítimas. Non é nada agradábel.

- Iago, penso que estás trabucado. Non houbo máis ca dous accidentes imprevistos. Levei unha sorpresa cando te vin no xulgado aquela noite.

- Si, foi unha casualidade. Como que non houbera condóns. Pero ben que aproveitaches as dúas situacións para xogar o teu xogo.

- Se o queres ver así... E agora, que vas facer da túa vida?

Non quixen contarlle en que andaba metido. Respondín o máis obvio.

- Non sei. O que xurda. Deixarei pasar algún tempo e buscarei traballo. Ao mellor preparo algunha oposición. Xa verei.

- Estás con alguén?

- Impórtache?

- É por saber. Preocúpome por ti, nada máis. Gustaríame que as cousas che saíran ben. Merécelo.

Deslizou unha man por riba da mesa mentres dicía isto, e agarroume dous dedos da miña. Os que delataban o recente tabaquismo esaxerado.

- Non estás fumando moito?

- Si. Non paso por unha boa época, que queres que che diga.

- Deberías confiar en min. Ao mellor podo servirche de apoio.

- Ti?

- Proba.

Nin tolo. Aquela muller levaba un sinal de perigo na fronte. Comecei a inquietarme e a desexar perdela de vista para sempre. Pensei na mellor maneira de cortar a conversa e saír pitando.

- Ben, Chus. Desexo que che vaia ben...

- Agarda! Que présa tes? Estás no paro, non?

- Teño cousas que facer.

- Non terán tanta urxencia. Queda un pouco máis.

- Teño que ir á deputación recoller os papeis do despido e...

- Se non fuches até agora supoño que poderán esperar algún tempo.

Tiña razón. Era unha muller intelixente, sen dúbida. E sabía como levar as cousas polo seu rego. Non me quedaban senón dúas alternativas: cortar en seco ou aguantar un pouco máis. Adiantouse.

- Por favor, póñanos outros cafés. O teu era cortado, non?

E volveu ao ataque. Estaba a controlar o xogo, como sempre.

- Que tal andas de cartos. Precisas que che preste algo?

- Non. Teño algún aforro, grazas. En todo caso, tamén podo recorrer aos meus pais.

- Xa imaxino, pero non é o mesmo. Non dubides en pedirme o que faga falla. Se queres tamén me podo mover un pouco no tema do traballo.

- Non, de verdade, Chus.

- Tanto me odias?

Unha pregunta que me descolocou. Odiábaa? Non o sabía con certeza. Púñame nervioso, estaba moi anoxado polo que me fixera. Pero odio...

- Sinceramente, non o sei.

- Pénsao un pouco. Gustaríame sabelo.

A conversa collía un camiño un tanto absurdo. Que lle ía dicir? "Si, ódiote" era case unha declaración de guerra, e á miña forma de ser non lle cadraban afirmacións tan rotundas. Por outra banda, "non te odio" significaba espirme aínda máis, se iso era posíbel, diante daquela estraña muller. Ás veces o pensamento é máis rápido ca un mesmo.

- Creo que non.

- Cres? Non tes a certeza?

- Chus, por favor, tanto importa?

Para min era imposíbel unha declaración menos suspensiva. Tería que conformarse coa suposición. Naquel momento tiña a urxencia absoluta de marchar. Non aguantaba máis.

- Si, importa. Sabes, Iago? Dicías que antes crías coñecerme. Penso que nin eu mesma me coñecía ben.

- Chus...

- Non digas nada, escóitame. Creo que estou namorada de ti...

Estou totalmente encantada. Non sei como agradecerche o esforzo empregado. De verdade aínda queres que asine eu soa? Devólvoche unicamente un par de correccións sen moita importancia. Agora hai que pensar nos pasos a dar. Non sei exactamente como funcionan as cousas mais imaxino que debemos contactar cunha editorial, xa me dirás. Tés a miña autorización para calquera cuestión que xurda, e se queres envíoche un poder notarial ou algo así. En fin, o que ti digas.

Acerca do que me comentabas, se isto podería causarme algún prexuízo cando empece co do divorcio, un avogado da empresa me comenta que, aínda que o dereito de aí é moi distinto e non está ao tanto, dende o seu punto de vista pode favorecerme. O enfoque que lle dás á historia, narrando a miña visión e non a de Paco, implica que non o estou atacando, senón contando o que vivín. Outra cousa é a túa opinión acerca da imparcialidade da nosa xustiza. Xa sei que as influenzas chegan lonxe de máis, pero en todo caso, que podo perder? O único que quero é cortar dunha vez e para sempre. Éme totalmente indiferente a cuestión económica. Por min como se afoga nun mar de cartos.

Agora mellor ca nunca entendo que, despois de todo, é unha sorte non ter fillos. Iso si que nos levaría seguro a unha guerra sanguenta, e creo que tería todas as de perder. Así, con pór fin á cuestión, acabouse. E espero con ansia ese momento.

Diso tamén quería falarche. Xa sei que te estou a molestar de máis, pero es a única persoa que teño a man. Compre que me busques un bo avogado especializado en temas de familia, porque en canto saia o libro quero presentar a demanda de divorcio. Que sexa o mellor, pois estou disposta se fai falla a pedir un préstamo. Avísame cando teñas algo mirado e pregunta o que vai custar, para ir véndoo con tempo.

Outra cousa, e xa é a última. Se non podes ou non queres non pasa nada, comprendereino. Se me fas o favor, quedarei eternamente en débeda contigo. Aínda non teño forzas para visitar a miña nai. Non a podo ver no estado no que se atopa. Se puideras achegarte ao psiquiátrico algunha que outra vez a informarte como está, agradeceríacho. Non me fío do que me contan por teléfono. Se che piden algún tipo de autorización avísame. E, de paso, gustaríame que lle mandases flores polo menos unha vez por semana, rosas brancas, que eran das que máis gustaba. Dime o que custa para xirarche os cartos, ou ben infórmate se podo pagar directamente dende aquí.

Perdoa de novo por roubarche tanto tempo. Cóntame como che vai. Xa atopaches emprego? Como vas de amores? Por favor, fai un ratiño para devolverme o correo. Quero saber de ti.

Rosa

XXIX

Non foi difícil dar cunha editorial. O primeiro obxectivo apuntou á máis oposta ao partido dominante. Pequena pero moi activa sacando á rúa o traballo da xente maldita, afastada polo poder do panorama literario e ensaístico do país. As tiraxes eran pequenas e a distribución chea de atrancos, mais ía mantendo o tipo como podía. Dende logo, estaba sistematicamente fóra das axudas e subvencións públicas, ningunha administración mercaba exemplares, e tampouco dende os centros de ensino secundario se recomendaban apenas os seus títulos.

Un público afastado da maioría social dominante e fiel ao catálogo ía permitindo unha actividade chea de altibaixos, pero continuada, centrada no ensaio político ou histórico, na narrativa dos *enfants terribles* alcumados de radicais e na poesía de combate.

Domingos Caxaraville, o máximo responsábel daquel niño de disidentes, poeta denso e garrido, ollaba para min totalmente alucinado.

- Estasme a dicir que me traes as memorias da muller de Paco De la Fuente?

- Si. E el non queda moi ben, que se diga.

- Para publicar, así, sen máis?

- Se queredes. Se non voume coa música a outra parte.

- Para aí! Non dixen nada! Déixame ler primeiro o orixinal, e despois xa falamos. Pero non entendo nada.

- Ti coñeces a sona que ten este home, non?

- Algo me chegou, si.

- Pois o único que fai Rosa Fole e contar o que viviu con el. Considérao unha vinganza, se queres, pero vai ser unha bomba.

- Escribiuno ela?

- Si.

- E ti que pintas en todo isto?

- Son... o seu axente literario?

- Axente? Pero ti non traballabas con De la Fuente?

- Traballaba, dixéchelo ben. Tómao coma outra vinganza.

Caxaraville ollaba atónito para a morea de follas encadernadas en canoto que tiña enriba da mesa. Era un home precavido e non deixaba de pensar que había algo raro.

- Está rexistrado?

- Si, fixen o trámite hai un par de días.

- De todos os xeitos, vou precisar unha autorización escrita da autora.

- Entón valo publicar?

- Primeiro vouno ler. Chámame mañá e xa che digo algo.

- Ben. Só unha advertencia. Se non o queres, non pode saír de aquí unha soa palabra. Entendido?

Saín convencido de que a resposta ía ser positiva. Por esa banda non tiña dúbidas. O único que na altura non tiña claro era un título con suficiente forza. *As miñas memorias. Rosa Fole* foi o primeiro que manexamos, e deixámolo a falla de outro mellor. Pero non nos convencía nada e, de feito, o orixinal que agora lle quedaba a Caxaraville non levaba título ningún. Relín o texto unha e outra vez para ver se algunha frase, algún concepto perdido podía servir, sen resultado. Xa comezaba a desesperar, despois de todo o traballo empregado, ao se resistir algo tan doado. Para Rosa era mellor non darlle tantas voltas. Xa acabaría saíndo.

O que non ía tan ben era a procura dun traballo. A situación presentábase, como mínimo, curiosa. Para os dun lado, semellaba unha persoa caída en desgraza, un intocábel co que cumpría non ter trato algún. Para os do outro lado resultaba sospeitoso despois de pasar tanto tempo á sombra dun dos seus adversarios. E no medio non había nada.

Só conseguín unha interinidade de catro días nun colexio privado, e iso porque estabamos a fin de curso e non había moito máis do que tirar. Nesas estaba, precisamente, cando apareceu no taboleiro de anuncios da sala de profesores a columna diaria de Fernando Pena no *Ideal*.

"SAN XOÁN

Xa están preto as festas da cidade e, un ano máis, as nosas rúas vanse encher do bulicio e a alegría tanto de cidadáns como das xentes da provincia que acoden atraídas polo denso programa de festexos preparado polo concello.

Háseme permitir que destaque o que, ao meu xuízo, vai ser o atractivo principal desta edición. E non me refiro a ningún concerto, que os haberá, e moi bos. Tampouco a esa carreira ciclista, de tanta tradición, e por fin recuperada despois de décadas de abandono.

Hai unha tempada contábales dende esta mesma columna como un ousado mozo, nun alarde de valentía, apostou a que era capaz de escribir unha boa novela no breve prazo de trinta días. Fomos testemuñas do reto a escritora Ana Ameixeira, o editor Casiano Louxo, a poeta Adelina Pastor, a presentadora da nosa televisión autonómica Carme Caride e eu mesmo.

Pois ben, pasado o prazo ficamos sen o pracer de comprobar o talento literario do noso bo amigo Santiago Loureiro, a quen veremos, por tanto, o día vinte e tres no baile do casino tal e como veu ao mundo. Non o perdan."

Tiña totalmente esquecida aquela historia absurda e sen sentido, e pensei que non se ía volver falar do tema.

153

Pero, polo visto, Fernando Pena tiña moito interese en sacalo á luz. O paradoxal é que si escribira un libro, e en menos tempo do establecido, mais non quería declarar a autoría. Tampouco tiña o menor interese en facer o ridículo diante da "boa sociedade". Aquela mesma mañá, ademais, recibira unha chamada da presidenta da sociedade recreativa, propietaria do casino.

- Como vostede comprenderá, non estamos dispostos a permitir tal espectáculo no día máis importante do ano, señor meu!

- É que tampouco eu teño intención algunha, miña señora!

- Pois xa pode ir vostede facendo algo!

Podía, si. O caso era o que. Faltaba aínda algún tempo e importábame bastante máis sacar adiante o libro de Rosa, así que deixei a cousa para outro momento.

Tareixiña estaba bastante máis preocupada ca min.

- Non sei como vas zafar deste sarillo.

- Bo! Non te preocupes. Xa se me ocorrerá algo.

- Véxote moi optimista. Non sei se valoras as consecuencias. Se cumpres coa túa parte do trato, quedas en ridículo, e se non, peor aínda. Non sei o que é máis grave.

Caxaraville estaba entusiasmado. Ía sacar a maior tiraxe na longa traxectoria da editorial. Seguiamos tendo problemas co título, até que á correctora, a única persoa fóra de nós que xa lera o texto, tirando polo lado da modernidade, se lle ocorreu usar unha das mensaxes SMS empregada por Rosa cando andaban á procura de fillos: *Pko. Tou ovlndo.*

A cousa ía para moi axiña, coa imprenta xa comprometida nun curto prazo. Domingos agardaba que o boca a boca fose a principal promoción, xa que era imposíbel afrontar un investimento publicitario axeitado.

Foi Mamen quen veu dar solución, sen querelo, a aquel problema. Ou, mellor dito, a dous.

Chamoume unha noite. Sorprendeume. A verdade é que non agardaba volver saber dela, alén de que podía vela todas as semanas no seu programa nocturno de chismes, no que conducía un rabaño de histéricos que berraban a todo tren mentres puñan a parir a personaxes famosas do mundo do espectáculo e o deporte. Xamais a políticos, claro.

- Iago! Pero, onde te metes?

- Xa ves. Nas miñas cousas.

Seguiu un anaco de parrafeo insubstancial. O ben que estaba na televisión, a boa audiencia do seu programa, as aspiracións de chegar máis alto... Despois foi ao gran.

155

- Eu chamábate polo do casino. Paréceme unha boa historia para sacar en televisión. Xa sabes, sen morbo. Unha cousa como "o escritor ousado" ou así.

- Mamen, non vou ir espido ao casino.

- Por que?

- Por que! Pensas que toleei?

- Iago, pénsao ben. Que mellor promoción queres para que te coñezan? Xa sei que non é moi ortodoxo, pero podes gañar moitos cartos.

- Mamen, parece mentira que a estas alturas non me coñezas.

Ás veces é mellor calar. Pero outras non. Prendéuseme unha luz no maxín.

- Pero, agora que o penso, coido que tes razón. Irei. Que día tiñas pensado...?

- O vindeiro mércores. É o último programa antes de San Xoán.

- Só che poño unha condición. Ti e máis eu, a soas, sen os imbéciles que tes aí berrando.

- De acordo. O programa comeza ás dez. Ven un par de horas antes para maquillaxe e todo iso.

- Sabes a quen levo mañá ao programa?

- Non. Por que non me fas iso que ti sabes facer tan ben? Teño moitas ghañas.

- Estouche falando. Deixa agora iso.

- Oi, mecaghoental! Canta andrómena.

- Boh! Non che interesan para nada as miñas cousas.

- A ver, hostia! Dime logo! Pero despois xa sabes. O meu amigho quere mimos.

- A Iago Loureiro.

- Quen? Ti toleaches! E de que vai falar ese carallo?

- De que che parece? Da aposta aquela famosa.

- É verdade! Ao final non escribiu nada. E vai facer o do casino?

- Parece que si. Por iso o vou entrevistar.

- Fixen ben en mandalo á merda! Hai que ser desghraciado! Veña, vai empezando. Si... Así... Como me ghusta....

- *Hoxe temos connosco a Iago Loureiro. Quizais este nome non lles diga nada, de momento, pero en seguida han ver por que veu ao programa esta noite. Iago, benvido.*

- *Grazas. Boa noite.*

- *O teu oficio é escribir. Pero es un deses escritores aos que ninguén coñece, dos que nin sequera asinan os seus traballos.*

- *Así é, dedicábame a facer textos políticos. Discursos e cousas así.*

- *Pero non é por iso que hoxe estás aquí. Iago apostou hai un tempo, señores espectadores, que era capaz de escribir unha novela en trinta días. Eu, entre outras persoas, fun testemuña.*

- *Certo..*

- *E perdiches a aposta.*

- *Ben, gustaríame explicar iso. Efectivamente un grupo de persoas entre as que te atopabas aproveitou que estaba borracho para pórme en evidencia. De feito, aquela noite fun detido logo de sufrir un pequeno accidente de tráfico cando aínda estaba baixo os efectos do alcohol. Non me preocupa recoñecelo. Hai pouco que me condenaron por iso.*

- *Ben, pero iso non implica...*

- *Si. Si que implica moitas cousas. Entre outras, como persoas destacadas e de renome son capaces de aproveitar unha debilidade, por outra parte tan humana, para rirse dunha persoa.*

Creo non terlle feito mal a ningún deles, polo que me parece aínda máis noxenta a súa conduta. A túa tamén, Mamen. Nós eramos amigos, e sen embargo tráesme aquí, como espectáculo.Como se fose un mono de feira.

- Ben. Eu non...

- Éme igual, sabes? Ademais, hai que rematar de contar a historia. Se o conseguía, o premio consistiría na edición do texto. En caso contrario, creo lembrar que foi o xornalista Fernando Pena, columnista do Ideal, *o que tivo a idea de que asistira en coiros ao baile do casino, que por certo é o vindeiro sábado.*

- Irás?

- Non, claro que non. Síntoo por Fernando Pena, que tanto interese tiña en verme espido. Outra vez será. Se cadra cando el saia do armario. Non me gustan os covardes.

- Ben, ese tipo de alusións...

- Non hai problema. Retiro o dito. Non quixen dicir covarde, senón hipócrita.

- Pois moitas grazas e...

- Non rematei. A cousa aínda deu para máis. Por causa desta parvada, entre outras cousas, perdín o traballo. Pero, ben, como non hai mal que por ben non veña, convertinme en axente literario. Se che parece oportuno, gustaríame presentar un libro que os espectadores non poden deixar de ler.

- Non é momento...

- Non pretendo que o lean agora. Só que o merquen. Titúlase Paco, estou ovulando *escrito en forma de SMS, como poden ver aquí na portada, e conta, narrada pola propia protagonista, a triste historia persoal de Rosa Fole, a muller do conselleiro de agricultura a quen ti, Mamen, coñeces tan ben.*

- Iago, non che consinto isto! Rematamos! Publicidade!

XXXIII

Francisco De la Fuente tentou por todos os medios evitar a publicación do libro. Recorreu á vía xudicial para tratar de paralizar o proceso alegando que constituía un atentado contra a súa honra. Prevaleceu a liberdade de expresión. Ou, polo menos, iso pensou todo o mundo. Chus Cordeiro e máis eu opinamos de outro xeito...

A obra foi un verdadeiro acontecemento, esgotando edición tras edición. Á xente parece gustarlle recrearse nas miserias dos demais, sobre todo cando se trata de personaxes públicas e coñecidas.

Precisamente, ía camiño da editorial, en taxi, cando a radio transmitiu a noticia.

- *O conselleiro de agricultura, Francisco De la Fuente, dimitiu esta mañá do seu cargo. Fontes próximas ao goberno desmentiron que esta dimisión teña que ver coa recente publicación dun libro no que a súa muller, Rosa Fole, narra algunhas confidencias do matrimonio...*

O taxista non perdeu ocasión.

- Valente fillo de puta o conselleiro este! E para iso lles pagamos o soldo! Había que collelos a todos e...!

Fixen coma se non estivera no allo.

- E logo, que pasou?

- E non sabe? Parece que maltrataba á muller, e que andaba fodendo en todas cantas podía! Mire o que lle digo, a metade destes, por un lado ensínanche os dentes, e por outro lado róubanche a carteira se poden.

- Bah! Non será para tanto.

- Que non? Son todos iguais.

- Todos non. Como este non debe haber moitos, afortunadamente.

- Si, pero, os que hai ben chegan.

CODA

Gústame cando, ao final dalgúns filmes, un narrador nos vai contando que foi da vida dos protagonistas. Xa saben. Fulano de tal, rematou condenado a trinta anos de prisión, dos que cumpriu quince na penitenciaría de tal, antes de saír en liberdade condicional... Mengano, montou unha orquestra e chegou a ser coñecido en todo o mundo grazas á súa habilidade co clarinete...

Apetéceme rematar así. O alcalde do meu pobo aínda o é, pero xa pechou a ferraxería logo de xubilarse. O meu curmán Fernando e Gueimóndez seguen, como eles din, a rascar os collóns na deputación. É un traballo ben pagado. De Lupe nunca se soubo. Tareixiña agora dirixe un servizo de axuda no fogar, e hai pouco que casou cunha antiga compañeira. Eu fun de testemuña. Mapi, imaxino que seguirá a ser tan eficiente, seria e inaccesíbel como sempre, pero non teño a menor idea de onde para.

Mamen pasou o mal trago inicial da divulgación da súa relación co conselleiro, e volveu para a capital do estado. Casou, separouse e volveu casar cun italiano executivo dunha cadea de televisión, a mesma onde presenta un programa polas mañás.

Chus é maxistrada nunha audiencia provincial, e a súa carreira parece imparábel. Coido que non tardará en chegar ao tribunal supremo.

Rosa estaba presente o día que finou a súa nai, e puido agarrarlle unha man. Conseguiu, por fin, o divorcio, e volveu para Inglaterra. Seguiu a traballar na mesma empresa, e agora os seus cartóns de visita poñen, debaixo do seu nome, *Senior Vice President and General Counsel*, que parece algo moi importante.

En canto a Francisco De la Fuente, non só tivo que dimitir, senón que un comité disciplinario expulsouno do partido a instancias do sector máis integrista. Fíxose cargo dos negocios familiares á morte do seu pai, pero non parece ter madeira de empresario. Rumorease que as empresas van de mal en peor. Encabezou as listas dunha formación independente nas últimas eleccións, pero só obtivo trescentos setenta e tres votos en toda a provincia. Agora anda metido nun novo proxecto de partido.

Polo que a min respecta, non hai moito que contar. Ademais a miña filla Olaia acaba de espertar, así que remato. Teño que preparar a cea, e Rosa está a piques de chegar.